DREAMBOOKS★

DREAMBOOKS★

천하제일쟁자수

권인호 신무협 장편소설

ORIENTAL FANTASYSTORY & ADVENTURE

4

dream books
드림북스

천하제일 쟁자수 4

초판 1쇄 인쇄 2015년 6월 19일
초판 1쇄 발행 2015년 6월 30일

지은이 권인호
발행인 오영배
책임편집 편집부

펴낸 곳 (주)삼양출판사 · 드림북스
주소 서울시 강북구 도봉로 173
대표 전화 02-980-2112 팩스 02-983-0660
출판등록 1999년 3월 11일 제9-00046호

ISBN 979-11-313-0250-7 (04810) / 979-11-313-0246-0 (세트)

+ 이 도서의 국립중앙도서관 출판시도서목록(CIP)은 서지정보유통지원시스템홈페이지(http://seoji.nl.go.kr)와 국가자료공동목록시스템(http://www.nl.go.kr/kolisnet)에서 이용하실 수 있습니다. (CIP제어번호: 2015016518)

천하제일 쟁자수

권인호 신무협 장편소설

ORIENTAL FANTASYSTORY & ADVENTURE

4

dream books
드림북스

목차

천하제일쟁자수

第一章

저것들 지금 뭐하는 거야?

제갈휘가 질서 없이 널브러져 있는 표행단을 둘러보았다.

거듭된 전투 끝에 벌써 전력의 반을 잃었다.

남은 절반도 상당수가 부상을 당했고, 부상을 입지 않았다고 해도 지칠 대로 지쳐서 맥없이 축 늘어져 누구 하나 온전한 사람이 없다.

암담한 상황이다.

그런데도 제갈휘의 눈빛에 담긴 것은 절망이 아니라 희망이었다.

'팔공산까지만 가면 된다!'

녹림도들의 끈질긴 공격을 버티고 버틴 끝에 이제 팔공

산이 지척이다.

팔공산에만 도착하면 더는 도적들을 두려워할 필요가 없다.

지금 표행단을 쫓는 도적들보다 더 큰 도적들이 자신들을 지켜 줄 테니까. 그들에게 사왕이라는 이름은 절대로 건드려서는 안 되는 공포이자 성역이니까.

대제갈세가의 표행단이 녹림도의 도움을 받는다는 것이 치욕스럽기는 하지만 지금으로서는 그것이 유일한 살길이었다.

지체할 시간이 없다.

언제 또 도적들이 표행단을 덮칠지 모른다.

"서둘러 출발 준비를 하십시오."

제갈휘의 말에 총관 을지담이 미간을 찌푸렸다.

도적들의 습격이 있은 지 채 두 시진도 되지 않았다. 그런 와중에도 강행군을 계속했고 이제 겨우 놈들의 끈질긴 추격을 뿌리치고 한숨을 돌리려는 참인데, 엉덩이 한 번 제대로 붙이기도 전에 다시 출발이라니…….

가쁜 숨으로 무거운 피로를 토해 내는 표사들을 보니 절로 한숨이 나온다.

하지만 을지담 역시 지금은 달콤한 휴식에 젖어 있을 때가 아니란 것을 잘 알고 있었다. 이 답답한 상황을 타개할 방법은 팔공산에 닿을 때까지 오직 발을 움직이고 또 움직이는 것뿐이었다.

'팔공산까지만 가면…….'

그렇게 을지담도 마음을 다잡으며 표행단을 독려했다.

그러나…….

"젠장!"

걷고 또 걸은 끝에 드디어 팔공산, 그 험준한 산세를 마주했건만 제갈휘의 입에선 반가움의 환호성이 아닌 답답한 한숨만이 토해져 나왔다.

팔공산을 사이에 두고 그 앞을 막고 있는 인해의 장막을 목격한 때문이었다.

도적들이었다.

표행단의 전력 절반을 잃는 동안 도적들의 목도 숱하게 베어 냈건만 어찌 아직도 저렇게 많은 도적 떼가 남아 있단 말인가?

게다가 도적들도 표행단이 팔공산으로 들어가면 닭 쫓던 개 신세가 된다는 걸 알고 있는지 그 기세며 눈빛이 지금까지와는 전혀 달랐다.

이 자리에서 아예 사생결단이라도 낼 듯한 분위기를 풍기고 있었다.

정말이지 눈앞이 아득해지는 기분이었다.

굳이 재 볼 것도 없다.

이길 수 있는 싸움이 아니다.

절대적인 세불리(勢不利)다.

그건 지금 표사들의 참담하게 일그러진 얼굴만 봐도 알 수 있는 일이었다.

하지만 제갈휘는 그 암울한 상황을 그저 넋 놓고 보고만 있지 않았다.

"신검대! 천무대! 십이사상구허진(十二四象九虛陣)으로 전방 일진 방어! 천룡표국과 금도표국, 유성표국 이진 방어! 위진, 신연, 대원, 복룡표국 삼진 방어! 보운, 천위, 철륜……."

제갈휘의 입에서는 쉴 새 없이 표국의 이름이 터져 나왔다.

이름이 호명된 표국의 표사들이 혹은 의아한 눈으로, 혹은 뜨거운 눈빛으로 일제히 제갈휘를 본다.

그들의 시선을 받으며 제갈휘가 씹어뱉듯 말했다.

"버틴다!"

처음 도적들의 공격이 있었을 때 제갈세가에 급히 인편을 보냈다.

호시탐탐 이빨을 드러내고 있는 남궁세가를 등 뒤에 두고 과연 본가에서 지원대를 보내줄지, 보내준다고 해도 과연 이 암담한 상황을 타개할 만한 전력일지 아무것도 장담할 수 없지만 이길 수도 도망칠 수도 없는 지금 이 상황에서 그가 선택할 수 있는 방법은 그저 버티는 것뿐이었다.

그의 뜻을 바로 알아차린 을지담이 제갈휘보다 더 큰 목소리로 외쳤다.

“신검대! 천무대! 십이사상구허진! 개(開)!”

을지담의 외침에 신검대와 천무대가 복명복창하며 뛰어나가 진법을 형성했다.

그러자 호명된 표국의 표사들도 중원을 대표하는 이름들답게 일사불란한 움직임으로 방어진을 구축하기 시작했다. 이미 수차례의 전투가 있었다. 서로 간에 더 이상 말은 필요 없었다.

이윽고,

“쳐라!”

팔공산 앞을 빼곡히 채우고 있던 도적들이 성난 파도가 되어 표행단을 덮쳤다.

* * *

신검대와 천무대가 일진을 맡고 각 표국의 표사들이 이중삼중의 방어진을 구축한 그 앞은 순식간에 도적들의 시체로 가득해졌다.

방어진은 바위처럼 단단했고 도적들은 불을 향해 뛰어드는 부나방과 같았다. 하지만 쌓여 가는 시체를 밟고 또 밟으며 무식하게 달려드는 도적들의 기세는 단단한 바위마저도 부수었다.

퍼억!

"크헉!"

치박산(淄博山) 적면철퇴(赤面鐵槌) 장굉(張宏)의 쇠몽둥이가 신검대 무사의 어깨에 내다 꽂혔고 그것을 기점으로 철벽같던 방어진은 급격이 무너져 내렸다.

그 같은 현실이 정말이지 이해가 안 되는 제갈휘다.

새삼 어이없고 황당하다.

아무리 그 수가 많다고 해도 고작 도적이 아니던가?

저런 강함이라니? 저런 일사불란함이라니?

잘 훈련된 군사라 해도 손색이 없는데 저게 대체 어떻게 도적들이란 말인가?

시대가 변했다.

녹림진천하(綠林振天下)!

단지 녹림도가 강해졌다는 것만으로는 설명되지 않는 변화가 그 다섯 글자에 담겨 있었다.

'젠장! 젠장! 젠장!'

정말 방법이 없단 말인가?

대제갈세가의 이름이 이대로 도적들의 공격에 속수무책 짓밟혀야 한단 말인가!

제갈휘의 눈이 지푸라기를 잡는 심정으로 을지담을 향했다.

그러나 을지담에게서 느껴지는 것이라고는 절망과도 같은 체념뿐이었다.

'이대로 포기하라고? 표물을 포기하고 목숨이나마 부지하자고?'

어둡게 가라앉은 을지담의 눈은 분명 그렇게 말하고 있었다.

그 순간 삼선의 방어진마저 부서졌다.

이젠 아예 개싸움 돌입이다. 적아를 구분키 힘들 만큼 뒤죽박죽 뒤엉켜서 죽고 죽이고를 거듭한다.

하지만 그건 도적들의 입장에선 쥐몰이였고 표행단의 입장에선 마지막 발악이자 발버둥일 뿐이었다.

'정녕 다 버려야 한단 말인가?'

여기에서 표물을 잃고 그 표물이 세상에 공개된다면 금기를 어긴 제갈세가의 명운이 풍전등화의 위기에 놓이게 될 텐데도, 정녕 이대로 저 도적들 손에 표물을 넘겨야 한단 말인가?

한데, 어떤 결정도 할 수 없는 막막한 순간이었다.

"모두 멈추어라!"

어디선가 마치 사자후와도 같은 대성일갈이 터져 나왔다.

그 대성일갈에 대지가 쩌렁쩌렁 울린 것은 물론이고 치열한 생사혈투마저 일시지간 시간이 정지한 것처럼 멈췄다.

모두의 시선이 일갈의 주인을 찾았다.

그렇게 모두의 시선이 닿은 곳에 칠흑처럼 검고 태산처럼 큰 말에 올라 전장을 굽어보는 한 사내가 있었다. 그리고 그 사내의 뒤로 족히 이천 명은 되어 보이는 무사들이 군대인 양 도열해 있었다.

위세가 실로 대단했다.

단지 위세만으로 제갈세가의 표행단과, 그들과 대치 중인 도적들을 압도할 정도였다.

"나, 남궁세가주 남궁수(南宮修)!"

누군가의 입에서 흘러나온 그 말에 장내는 삽시간에 소란에 휩싸였다.

그랬다.

전장의 중심으로 성큼성큼 들어오고 있는 그 일단의 군대는 육대가문의 수좌이자 이곳 안휘성의 패자인 남궁세가의 것이었다.

남궁세가의 등장에 누구보다 놀란 것은 제갈휘다.

'저자들이 왜……?'

절망밖에 남지 않은 상황에서 같은 육대가문의 하나인 남궁세가의 등장에도 전혀 반갑지 않았다. 반갑기는커녕 이건 그야말로 첩첩산중이다.

그도 그럴 것이 그토록 먼 길을 돌아 팔공산을 넘으려했던 것이, 그 모든 번거로움을 감수할 수밖에 없었던 것이 다 남궁세가 때문이 아니던가.

남궁세가의 눈을 피하는 것이 최우선의 목표였던 표행인데 하필이면 가장 만나고 싶지 않은 상대를 가장 치욕적인 상황에서 만나고 만 것이다.

그런 제갈휘의 심정이야 어떻든, 말 위에서 몸을 내린 남궁세가주 남궁수가 마치 마실이라도 나온 듯 여유로운 걸음새로 뚜벅뚜벅 걸어온다.

그러자 죽고 죽이는 사투의 현장에서 그토록 살기등등했던 도적들이 움찔움찔 놀라며 마치 바다가 갈라지듯 자연스럽게 길을 터 준다.

실로 압도적인 존재감이자 위압감이다.

단지 육대가문의 수좌인 남궁세가의 위세 때문이 아니었다.

남궁세가주 천무검성(天武劍聖) 남궁수라는 이름 자체가 이미 범접할 수 없을 만큼 높고 크기 때문이었다.

그럴 수밖에.

남궁수가 누군가.

정파무림의 가장 높은 하늘이라는 정도십이천, 그 한 자리를 당당히 차지하고 있는 일세의 영웅이 아니던가.

그러니 제아무리 도적들의 기세가 대단하다 해도, 이 자리에 녹림칠패라도 있지 않는 한 그 앞에서 당당히 고개를 들 수 있는 자가 있을 리 만무했다.

그토록 압도적인 존재감으로 다가오는 남궁수를 보며 제갈휘는 피가 나도록 입술을 악물었다.

저 모습이다.

제갈세가가 수백 년 동안 천만금의 돈을 퍼부어서라도 얻고자 했던 것, 각고의 노력에도 끝끝내 얻지 못해 좌절해야 했던 것, 그래서 늘 남궁세가의 들러리로 살아올 수밖에 없었던 이유.

지금 저 남궁수의 모습이야말로 제갈세가의 꿈이자 열망이고 목표였다.

그걸 위해 멸문의 위험마저 감수하며 이번 표행을 강행했던 것이 아니던가.

한낱 도적들에게마저 무시를 당하는 이 상황에서 그 존재만으로 도적들을 압도하는 남궁수를 보고 있자니 쓸개를 씹는 듯한 쓰디쓴 분노가 목구멍을 타고 올라왔다.

그 사이 남궁수가 제갈휘를 마주하고 섰다.

제갈휘는 가슴속에서 회오리치는 숱한 감정들을 씹어 삼키고는 공손히 포권을 취했다.

"휘가 백부님을 뵙습니다."

"그래, 오랜만이로구나. 마지막으로 본 게 내 회갑연 때였으니 벌써 사 년 전인가?"

"예. 자주 찾아 뵙지 못해 송구합니다. 하온데 백부님께선 여기 어쩐 일이신지……."

"그냥 마실 삼아 나온 것인데 우연히 지나는 길에 소란이 들려서 말이다."

남궁수의 말에 제갈휘가 살짝 미간을 모았다.

이천은 족히 되어 보이는 무사들을 대동했으면서 그냥 마실이라니?

둘러대는 변명치고는 지나치게 무성의하다.

변명조차 무성의할 만큼 제갈세가를 눈 아래로 보고 있는 것이다.

'그래도 명색이 같은 육대가문이건만…….'

다시 한 번 쓴물이 목구멍을 타고 올라온다.

"한데, 꽤나 곤란해 보이는구나."

주위를 쓰윽 훑은 남궁수가 지긋한 눈빛으로 제갈휘를 본다.

"도움이 필요하느냐?"

"……."

"내 도움이 필요하면 사양 말거라. 비록 근래 두 가문 사이에 오해가 있어 관계가 서먹하다마는 그래도 수백 년을 형제의 의로 지내 온 사이가 아니더냐? 제갈가의 곤란함을 내가 어찌 모른 척할까. 그렇군. 이참에 회남에 들르는 것도 좋겠지. 두 가문 사이에 묵혀 둔 오해도 풀고 우리 무영이 녀석과 오랜만에 회포도 풀고 말이다. 너희 둘, 친형제처럼 사이가 좋았지 않느냐."

남궁수의 말에 가장 크게 동요를 보인 것은 당연하게도 도적들이었다.

남궁수와 남궁세가의 이천 무사들이 이 싸움에 끼어든다면, 전세가 역전되는 것은 물론이고 목숨 줄조차 부지할 수 있을지 장담할 수가 없게 된다. 그러니 바짝 긴장한 채 제갈휘의 대답에 촉각을 곤두세울 수밖에 없다.

하지만, 정작 도움이 간절한 처지의 제갈휘는 남궁수가 내민 손을 선뜻 잡지 못했다.

'이참에 회남에 들르는 것도 좋겠지.'

제갈휘의 의견을 묻는 것이 아니었다.

그것은 도움에 대한 대가이자 조건을 말하는 것이었다.

이대로 남궁수의 손을 잡는다면 표행단의 행선지는 합비

의 제갈세가가 아니라 회남의 남궁세가가 된다. 그렇게 되면 표물의 비밀 또한 남궁세가로 넘어가게 된다는 뜻이고, 그건 곧 제갈세가의 생사여탈권이 남궁세가의 손에 넘어가게 된다는 의미였다.

짧은 순간 너무도 많은 갈등과 망설임이 제갈휘를 휩싼다.

그런 제갈휘를 보며 남궁수가 한 마디 더 던졌다.

"그나저나…… 팔공산의 분위기가 심상치 않군. 공기가 차가워. 살기가 여기까지 느껴지는 것을 보면 또 한바탕 피바람이라도 불려는 모양이야."

혼잣말처럼 중얼거리는 그 말에 제갈휘의 안색이 딱딱하게 굳었다.

팔공산을 향하는 눈은 불안과 의심으로 가득했다.

그의 눈에는 아무것도 보이지 않았다.

아무것도 느껴지지 않았다.

하지만 남궁수의 입에서 나온 말이다.

허투루 흘려들을 수 없다.

어쩌면 거짓일지도 모른다.

그저 겁을 주려는 것일 수도 있다.

그러나 만일 남궁수의 말이 사실이라면?

끈질기게 붙들고 있던 한 가닥 희망마저 사라진다.

차가운 공기와 넘쳐나는 살기가 누구를 향한 것일지는

굳이 확인하지 않아도 뻔하니까.

상처 입은 토끼를 앞에 두고 굶주린 맹수가 이빨을 드러낸다면 그 이유야 하나뿐이니까.

그 순간 선택지는 사라졌다.

'어차피 뺏겨야 하는 표물이라면…….'

어차피 지킬 수 없는 비밀이라면 그 비밀이 도적들의 손에 넘어가는 것보다야 남궁세가가 가져가는 편이 낫다. 적어도 남궁세가라면 협상과 거래가 가능한 곳이니까. 지금까지보다 더한 굴욕이 기다릴지라도 적어도 다음을 기약할 수는 있을 테니까.

그리해 남궁수를 보며 말했다.

"그렇잖아도 저 또한 무영 형님을 뵙고 싶었던 참입니다. 그리고 이 기회에 두 가문이 오해를 풀 수 있다면 그보다 더 좋은 일이 없겠지요."

"그래. 그렇지. 그럼 같이 회남으로 가자꾸나."

제갈휘의 대답이 흡족한 듯 기분 좋게 웃어 보인 남궁수가 빙글 몸을 돌려 도적들을 마주했다.

"지금부터 제갈세가의 표행단은 우리 남궁세가가 보호한다! 그러한 즉, 제갈세가의 표물을 탐하는 자는 먼저 남궁세가의 검을 넘어야 할 것이다!"

그것으로 끝이었다.

감히 남궁수와 남궁세가의 이천 고수들을 상대로 재물을 탐할 자는 이 자리에 아무도 없는 것이다.

*　*　*

팔공산(八公山).

역사적으로는 북조 전진(前秦)의 왕 부견(符堅)과 남조 동진(東晉) 효무제(孝武帝)가 격전을 치른 곳이고, 지리적으로는 호북, 하남, 산동, 강소, 강서, 절강이 맞물리는 세상 만물의 교차로인 안휘성의 중심부에 위치했다.

그리해 세상 만물은 팔공산으로 통한다는 말이 있다.

그건 비단 팔공산을 통하는 것이 최단 거리로 시간과 그에 따른 경비를 아낄 수 있기 때문만은 아니었다.

다른 성과 마찬가지로 안휘성 또한 온통 부정과 부패로 물들어 있었다. 각 시, 현의 관리들이 도적들보다 더 탐욕스러운 눈으로 진을 치고 있는 실정이었다.

우스꽝스럽게도 그들을 통하는 것보다 차라리 도적들에게 정기적으로 통행료를 내는 게 훨씬 더 싸게 먹혔다. 그러다 보니 안휘성을 거쳐 가는 모든 표물이 관도를 피해 팔공산을 통할 수밖에 없게 되었고 그렇게 팔공산으로 재물이 몰리자 대녹림시대를 맞아 자연스럽게 녹림도들도 같이 몰리게 된 것이다.

그런 끝에 이젠 그저 살아남는 것만으로도 명예가 되고 돈이 되는 땅이 되었다.

도적들에게 있어 팔공산은 돈과 명예의 상징이자 자부심의 성지였다.

그만큼 경쟁은 치열할 수밖에 없다.

팔공산이 악명이 자자한 것도 사실은 그들이 저지르는 악행 때문이 아니라, 도적들 간에 벌어지는 피비린내 나는 경쟁과 그 속에서 살아남아 팔공산을 호령하는 자들의 면면이 워낙에 크고 높기 때문이었다.

아침이 시작되는 시각.

상단으로 보이는 조촐한 행렬이 아침인데도 이젠 제법 따뜻해진 햇살을 받으며 팔공산을 오르고 있다.

본대와 헤어져 따로 움직였던 루하 일행이었다.

"왜 아무도 안 보이죠? 이쯤에선 누구 하나 마중이라도 나와 있어야 하는 거 아니에요?"

루하가 영 꺼림칙하다는 표정으로 주위를 둘러본다.

이도명이 대답했다.

"아마도 안전을 위해 좀 더 들어가서 기다리는 것 같습니다. 그래도 구음지를 넘지는 않았을 겁니다."

"그러니까 거기까지 더 들어가자구요? 이 무시무시한 도적들 소굴에? 고작 이 인원으로요?"

"너무 심려하실 것 없습니다. 말씀드렸다시피 이미 조치는 취해 뒀습니다. 현재로서는 팔공산만큼 안전한 곳도 없습니다."

그러고는 성큼 앞장서 걸으며 길을 재촉한다.

'그러니까 도적들하고의 약속을 어떻게 믿냐고!'

이도명이 안심을 시켜도 영 불안하기만 한 루하다.

발을 디딘 것만으로도 긴장감이 들어차는 팔공산을 온몸으로 느끼고 나니 불안감이 더 컸다.

마음 같아서는 당장이라도 걸음을 돌리고 싶었다. 하지만,

'그놈의 오천 냥이 뭔지.'

그동안의 고생을 물거품으로 만들 수는 없는 노릇이라 내키지 않는 걸음을 애써 옮겼다.

하지만 구음지에 도착하고도 상황은 그대로였다.

"왜 이렇게 썰렁해요? 구음지를 넘지는 않았을 거라면서요? 설마 우리가 먼저 온 건 아니겠죠?"

루하가 구음지 앞 휑한 공터를 보며 의아해했다.

은형대 대주 이도명이 고개를 저었다.

"그럴 리 없습니다. 아무리 우리가 길을 서둘렀다고 해도 이래저래 지체된 시간을 생각하면 본대가 먼저 도착했

어야 정상입니다."

"근데 왜 안 보이냐고요! 먼저 팔공산에 도착했으면 여기쯤에서 우리를 기다려야 정상이잖아요? 우리를 내버려 두고 먼저 팔공산을 넘었을 리는 없고, 그렇다고 이 험지에 더 깊이 들어가서 우리를 기다릴 리도 없고…… 합류 장소로 여기 말고 다른 데가 또 있을 것 같진 않은데요?"

루하의 말에 이도명은 아무 대꾸도 할 수 없었다.

그 역시 의아하기는 마찬가지였던 것이다.

그도 그럴 것이 그들은 남궁세가가 끼어든 것도, 그리해 표행단이 행로를 바꾸어 제갈세가가 아닌 남궁세가로 향했다는 것도 까마득히 모르고 있었다. 제갈휘가 그 소식을 알리기 위해 따로 사람을 보내지 않은 것은 아니지만, 루하 일행이 안전을 위해 상인으로 위장을 하고 본대와는 반대 길로 돌아 온 터라 소식을 전하려던 사람과 그만 길이 어긋나 버리고 만 것이다.

본대의 상황을 전혀 알지 못한 그들은 당연히 팔공산 남천봉의 초입인 이곳 구음지에서 본대를 만날 줄 알았다. 그런데 막상 도착해 보니 본대는커녕 누가 악명 높은 도적들의 소굴 아니랄까 봐 음산한 귀기만이 그들을 반기고 있었다.

"어쩔 거죠?"

설란이 이도명의 의견을 물었다.

설란은 다시 인피면구를 쓰고 사내로 변장을 한 상태였다.
루하의 조언 때문이었다.

'잠깐이라도 네 그 예쁜 얼굴 보지 못하게 되는 건 내가 더 싫어. 그래도 어쩌겠어? 그 얼굴 그대로 들어갔다가는 그날로 팔공산은 도적들의 소굴이 아니라 음란마귀의 소굴로 변할 텐데.'

은형대 무사들마저 루하의 말에 격하게 동감을 해 대는 통에 그 싫은 촉감을 감내하고 인피면구를 쓸 수밖에 없었던 것이다.

아무튼, 설란의 질문에 루하가 대신 대답을 했다.

"어쩌긴 뭘 어째? 이 인원으로 팔공산을 넘을 수는 없잖아. 일단 여기서 죽치고 기다려 봐야지. 아직 도착 전이라면 기다리다 보면 도착할 테고, 이미 어딘가에 도착해 있다면 따로 연통을 주겠지."

루하는 사명감 투철한 이도명이 혹시라도 조금 더 들어가서 찾아보자 할까 봐 그렇게 미리 못을 박았다.

그러자 잠시 팔공산 저 안쪽 깊은 곳 어딘가로 시선을 던지며 갈등의 빛을 보이던 이도명도 차마 그런 가당찮은 요구는 할 수 없겠는지 이내 체념하듯 고개를 끄덕인다.

"정 소협의 말씀이 옳습니다. 일단 이곳에서 본대를 기다려 보도록 하죠."

그렇게 해서 짐수레 세 대와 은형대 무사 스물, 그리고 루하와 설란은 팔공산 북쪽 남천봉의 입구이자 협곡지인 구음지 앞에서 본대를 기다리기로 결정을 했다.

"저것들 지금 뭐하는 거야?"

천랑채의 채주 장청이 루하 일행을 보며 어리둥절해 한다.

"대체 저것들 뭐야? 행색을 보아하니 상인들 같은데…… 고작 저 인원으로 겁도 없이 팔공산에 들어와? 게다가 돌아갈 거면 돌아가고 지나갈 거면 지나갈 것이지 왜 저기서 저러고 있는 거야?"

"인원은 얼마 안 되지만 그래도 호위무사들의 기도가 예사롭진 않은데요?"

모웅의 말에 장청이 새삼스러운 눈으로 루하 일행을 살폈다.

모웅의 말대로였다.

얼핏 보기에도 만만한 자들이 아니란 것을 알 수 있었다. 천하제일을 다투는 대륙표국이나 천룡표국의 표사들 중에도 저만한 분위기를 풍기는 자들은 드물었다.

특히 한 녀석이 그의 시선을 잡아끈다.

소년이었다.

아직 약관도 되지 않았을 것 같은, 표사들 중에서 가장 어려 보이는 소년임에도 불구하고 가장 크고 선명한 존재감으로 다가온다.

풍기는 기운이 참 묘했다.

물처럼 부드러워 보이면서도 바위처럼 단단해 보이고, 천 년 고송처럼 굳건해 보이면서도 한겨울 북풍처럼 경쾌하다.

그 종잡을 수 없음이 호기심을 자극한다.

"그나저나 어쩝니까? 아무래도 쉽사리 움직일 것 같진 않은데…… 이제 곧 제갈세가의 표행단이 도착할 텐데, 저대로 그냥 둘 수는 없지 않습니까?"

모웅이 심히 곤란하다는 듯 그렇게 말했다.

중대한 거사를 앞에 두고 저들은 확실히 방해거리다.

"지금 바로 치워 버릴까요?"

"아니. 그냥 냅둬 봐. 어차피 우리가 아니어도 대신 수고를 해 줄 놈들이야 많잖아."

장청이 구음지 요소요소에 주인 허락도 없이 숨어들어와 있는 다른 산채의 도적들을 턱짓으로 가리켰다.

지금 이곳에는 장청의 천랑채를 포함해 모두 세 개 파벌, 아홉 개 산채, 칠백 명가량의 인원이 제갈세가의 표행단이 나타나기만을 기다리고 있었다.

"먹잇감은 하난데 사냥꾼은 셋. 사이좋게 나눠 먹을 성질머리들은 절대로 아니고. 이런 상황에선 먼저 나서 봤자 괜히 표적만 될 뿐이지.”

“하긴 그렇죠. 이럴 때는 오히려 있는 듯 없는 듯 조용히 때를 기다리는 게 상책이죠.”

“게다가 여기 모인 도적들 중에 그다지 성격 느긋해 보이는 놈들도 없고. 저 봐, 이여립 저 대머리 새끼. 똥 마려운 개새끼마냥 벌써부터 좀이 쑤셔서 못 참아하고 있잖아.”

아닌 게 아니라 성격 급하기로는 팔공산에서 둘째가라면 서러워할 인물이 구관채의 이여립이었고, 그러다 보니 구관채가 은신해 있는 곳이 유독 부산한 느낌이다. 비단 구관채만이 아니다. 전호채도 그렇고 표왕채도 그렇고, 꽤나 들썩대고 있다.

“분위기를 보아하니 오래 기다릴 것도 없겠는데요?”

아니나 다를까, 말이 끝나기가 무섭게 이여립을 선두로 구관채가 뛰쳐나갔다.

“네놈들 대체 뭣하는 놈들인 거냐? 갈 거면 가고 말 거면 말 것이지 사람 신경 거슬리게 왜 여기서 알짱거리냔 말이다!”

큰 거사를 앞두고 어지간히도 심사가 뒤틀렸던 건지 호통을 쳐 대는 목소리에는 짜증이 가득 묻어나왔다.

구관채가 나서자 주완봉의 같은 패거리인 표왕채, 전호채도 가만히 있을 수 없는지 은신처에서 튀어나와 구관채와 나란히 섰다.

각 산채 당 적게는 오십 명에서 많게는 백 명 남짓, 팔공산에서 살아남았다는 것만으로도 개개인의 실력이야 굳이 말할 필요가 없는 일류들이다.

그렇게 이름깨나 날리는 도적들 이백여 명이 구음지의 협곡 앞을 떡하니 가로막고 있으니 그 위세가 실로 대단했다.

아니, 일부러 더 보란 듯이 위풍당당 그 세를 자랑한다.

그건 단지 이 눈앞의 얼뜨기 장사치들을 위협하기 위함이 아니었다. 그들이 자신들의 위세를 진정으로 보여 주고자 하는 상대는 구음지 요소요소에 은신하고 있는 다른 봉우리의 도적들이었다.

'여기는 환락불의 주완봉이 침을 발랐으니 피를 보고 싶지 않거든 괜히 우리 일을 방해하지 마라!'

일종의 영역 표시인 셈이다.

그러다 보니 오히려 이 눈앞의 뜨내기 장사치에는 관심이 없다. 고작 세 대밖에 안 되는 수레에도 별 욕심이 없다.

"네깟 것들이 대체 무슨 배포로 팔공산에 들어왔는지는 모르겠다만, 여기는 네놈들 같은 뜨내기 장사치들이 기웃거릴 곳이 아니다. 지금은 네깟 놈들한테까지 신경 쓸 여유가 없어서 그냥 돌려보내는 것이니 그 한 목숨 부지한 걸 천지신명께 감사하고 얼른 썩 꺼지거라!"

"어라? 저 대머리 새끼 어울리지 않게 왜 저러죠? 그냥 살려 보내려나 본데요?"

살벌한 기세로 등장한 것에 비해 참으로 관대한 처분을 내리는 이여립을 보며 모웅이 어리둥절해한다.

장청이 별일 아니라는 투로 말했다.

"그야 당연하지. 아무리 성질머리가 활 맞은 멧돼지 같은 놈이라고 해도 명색이 팔공산에서 산채 하나를 가지고 있는 놈인데 보는 눈이 왜 없겠어? 저 대머리의 눈에도 호위무사들이 만만치 않게 보인 거지. 끝장을 보려면 크든 적든 자기네 피해를 감수할 수밖에 없다는 것도 아는 거고. 그것만은 피하고 싶은 거겠지. 성질은 개 같아도 아둔한 자는 아니니까."

먹고 먹히는 이 적나라한 약육강식의 현장에서 상처 입은 맹수의 말로란 뻔하다. 포식자가 한순간에 먹잇감으로 전락할 수도 있는 것, 그것이 지금 이곳 구음지의 분위기였다.

"그나저나 저 대머리 새끼가 남의 집 앞마당에서 뭐래는 거야? 어디서 감히 주인 행세야?"

"냅둬요. 내 집 앞마당 대신 청소해 주겠다는데 사양할 거 없잖아요. 그래도 좀 아깝긴 하네. 규모는 작아도 저 정도급 호위무사들이 붙어 있는 걸 보면 제법 값나가는 물건일 텐데."

“지금은 그깟 게 중요한 게 아니니까.”

여기 모인 자들은 어디까지나 제갈세가의 표물이 목표였다. 다들 그렇게 명령을 받았을 것이다. 그런 만큼 전부는 아니더라도 적어도 다른 봉우리들보다는 많이 가져가야 면이 선다. 아니, 면 정도가 아니라 사왕들의 포악한 성정을 생각하면 자칫 목숨이 위태로워질지도 모르는 일이다.

“당장 목숨 줄이 간당간당한 판국에 저깟 재물이 눈에 들어오겠냔 말이지.”

그런데, 곧바로 이어진 호위무사의 외침에 ‘저깟 재물’은 더 이상 ‘저깟 제물’이 아니게 되었다.

“산중호걸들께서 오해가 있으신 듯하여 말씀드리겠소! 우리는 제갈세가의 표행단이오!”

그 외침이 있자,

‘뭐?’

‘제갈세가의 표행단이라고?’

‘저게?’

약간의 귀찮음과 약간의 흥밋거리로 여유롭던 구음지 전체가 삽시간에 치열한 긴장감으로 들어찼다.

第二章

지금 감탄이나
하고 있을 때가 아닙니다만?

"이거 분위기가 왜 이래요?"

루하가 어리둥절한 표정으로 이도명을 본다.

그러나 이도명이라고 루하와 다르지 않았다.

처음 이백여 명의 도적들이 우르르 몰려나와 앞을 막아섰을 때는 잠깐 간담이 서늘하기는 했다. 제갈세가와 이미 모종의 약조를 한 팔공산 도적들이 왜 자신들의 앞을 막는 건지, 왜 흉흉한 얼굴로 위협을 하는지 선뜻 이해가 되지 않았던 것이다.

하지만 이내 자신들이 상인으로 변장을 했다는 사실을 깨닫고는 '아차!' 했다.

'오해를 하고 있나 보군.'

그 때문일 것이다.

자신들을 단순한 상인으로 오해하고 도적의 습성대로 저렇게 이빨을 드러내고 있는 것이리라.

그래서 외쳤다.

'우리는 제갈세가의 표행단이오!' 라고.

그런데 이건 예상했던 반응과 너무 달랐다.

"네놈들이 제갈세가의 표행단이라고?"

그렇게 되물어 오는 말투에서는 기대했던 호의를 찾을 수 없었다. 놀람의 뒤로 물씬 풍겨나는 것은 거친 적의와 지저분한 탐욕이었다.

당장 눈앞의 도적들만이 아니다.

지금에야 느껴지는 것이지만, 도적들의 뒤로 협곡 주변 곳곳에서 치열한 긴장과 진득한 살의가 뿜어져 나오고 있었다.

대체 이곳에 왜 이렇게 많은 도적들이 몰려들었는지 모르겠다. 그리고 자신들을 향해 왜 이런 적의를 드러내는지도 모르겠다.

밀려드는 불길한 의심을 애써 짓누르며 이도명이 다시 한 번 외쳤다.

"그렇소! 우리는 제갈세가의 표행단이오! 팔공산을 넘는 것은 이미 사왕과 약속이 되어 있는바, 팔공산의 호걸들께서는 우리의 표행길을 열어 주시오!"

이도명의 말에 도적들 사이에서 잠시간 소요가 인다.

하지만 이도명의 기대와는 달리 그것은 먹잇감을 잘못 고른 것에 대한 자책이나 당황이 아니었다.

"왜 네놈들뿐이냐?"

고작 수레 세 대에 표사 스물이라니?

"제갈세가의 표행단은 수레가 백 대가 넘고 표사도 수백이라 들었는데 왜 네놈들뿐이냔 말이다! 녹림의 형제들에게 쫓기고 있다더니 설마…… 다 죽고 이것밖에 남지 않은 것이냐?"

그렇게 묻는 이여립은 정말이지 혼란스러운 얼굴을 하고 있었다. 이여립뿐만이 아니었다. 이곳 구음지에 모인 도적들 모두가 그와 같았다.

사왕의 추상같은 명을 받았다.

그리해 세상을 떠들썩하게 하고 있는 제갈세가의 표물을 차지하기 위해 이 자리에 모였다. 다른 봉우리보다 조금이라도 더 많은 양을 확보하는 것만이 유일한 살길이라는 각오로 그렇게 숨죽이며 기다렸다.

그런데 나타난 것이 고작 수레 세 대라니?

이걸 대체 누구 코에 붙인단 말인가?

겨우 이깟 걸로 사왕의 그 더러운 성질을 어떻게 달랜단 말인가?

이 황당하고 어이없는 상황에 모두가 어찌할 바를 몰라 난감해하고 있을 때였다.

잠시 뭔가를 고민하던 이여립이 슬쩍 세 대의 수레로 눈길을 돌린다.

잠시간 깊은 갈등과 짜증이 지나가고,

"젠장!"

급한 성질머리답게 씹어뱉듯 욕설을 내뱉으며 바로 결단을 내렸다.

"어쩔 수 없다! 저거라도 우리가 가져간다! 쳐라!"

"에? 꼴랑 저것만요?"

"꼴랑 저것뿐인데 나더러 어쩌라고! 뭐해? 다른 놈들이 끼어들기 전에 어서 공격해!"

잠시 당황하던 구관채 도적들이 그제야 사나운 함성을 토하며 루하 일행을 덮쳤다.

"와아아아아!"

"죽여라! 표물은 우리가 다 먹는다!"

구관채가 움직이자 표왕채와 전호채도 지체 않고 흉흉한 살기를 뿌려 대며 루하 일행에게로 달려들었다.

그 바람에 놀란 이도명이 버럭 소리를 질렀다.

"이, 이게 무슨 짓이오!"

제갈세가의 이름을 밝혔는데도 이런 식으로 나올 줄은 상상도 못 한 그로서는 정말이지 당황스럽고 화도 났다.

"대체 이게 무슨 짓이오! 우리는 제갈세가의 표행단이란 말이오!"

재차 제갈세가의 이름을 외쳐 봤지만 누가 하나 귀에 담는 자가 없다. 노도처럼 덮쳐드는 도적들의 기세만 더 거세지고 사나워질 뿐이었다.

"이게 무슨……."

암담한 절망감에 망연자실한 이도명을 보며 루하가 답답하다는 투로 대꾸했다.

"무슨 짓은 무슨 짓이겠어요? 당연히 배신 때린 거지. 그러게 내가 도적들과의 약속은 믿을 게 못 된다고 했잖아요! 무림 최고의 두뇌라면서요? 공명의 후예라면서요? 그러면서도 그런 기본적인 것도 몰라요? 혹시 그 족보 노름판에서 딴 거 아니에요? 아, 뭐해요! 이대로 손 놓고 다 죽을 거예요? 얼른 진법 펼쳐요!"

답답한 마음에 신경질적으로 토해내는 루하의 말은 무례했다.

장북에서부터 이곳까지 오는 내내 쌓였던 제갈세가에 대한 불만이 자기도 모르게 그렇게 불쑥 삐져나온 것이었다.

하지만 은형대 무사들에겐 그것을 불쾌하게 여길 만한 여유조차 없었다. 이미 이여립을 비롯한 주완봉의 도적들이 지척에까지 이르러 있었다.

그뿐만이 아니었다.

"쳐라! 미친 색불의 손엔 하나도 넘어가게 해선 안 된다! 제갈세가의 표물은 우리 기암봉이 먼저 차지할 것이다!"

"와아아아아아!"

주완봉의 도적들이 공격을 시작하기가 무섭게 구음지에 숨어서 상황을 지켜보고 있던 기암봉의 도적들까지 그에 뒤질세라 달려 내려온 것이다.

좁은 협곡에 오백 명이 넘는 도적들이 노도처럼 밀려들고 있었다.

도적들의 거친 내달림은 지축을 뜨겁게 달구고 무섭게 토해내는 함성은 온 산야를 쩌렁쩌렁 울린다.

그 성난 파도를 마주한 이도명은 엄습하는 공포와 아득한 절망감 속에서도 이를 악물어 정신을 수습했다.

그리고 외쳤다.

"은형대! 십팔로항마진(十八路降魔陣) 개(開)!"

"십팔로항마진, 개!"

은형대 무사들이 이도명의 명을 복명복창하며 열여덟 개 방위로 산개했다.

이어진 것은 그야말로 살벌하기 그지없는 전쟁이었다.

"이거 우리도 움직여야 하는 거 아닙니까?"

모웅이 살벌한 전쟁터를 바라보며 조급한 기색을 드러냈다.

장청이 못마땅한 듯 눈살을 찌푸렸다.

"고작 수레 세 대 때문에 저 개떼 싸움에 뛰어들자고? 제갈세가의 표행단이 저게 다가 아니면 어쩔 건데? 나중에 더 오면 괜히 힘만 빼고 삽질한 것밖에 더 돼?"

"그래도 만일 저게 전부라면요? 저것마저도 챙겨 가지 않으면 잔혹도마 그 미친개한테 제대로 물어뜯길 텐데 그 뒷감당을 어떻게 하려구요?"

고작 수레 세 대를 먼저 차지하고자 주완봉과 기암봉의 도적들이 저렇게 개떼 싸움을 벌이는 것도 그 때문이었다. 대체 왜 제갈세가의 표물이 이것밖에 안 되는지는 모르지만 어쨌든 당장 눈앞에 있는 거라도 챙겨 가야 사왕 앞에서 변명이라도 할 수가 있는 것이다.

"끄응……."

모웅의 말을 이해 못 하는 것도 아니고, 그렇다고 저런 개떼 싸움에 끼는 것은 성질에 안 맞고. 입에서는 절로 '끄응' 앓는 소리가 나온다.

하지만 지금은 푸념을 늘어놓을 시간조차 없었다.

그 개때 싸움터를 향하고 있던 모웅의 눈빛이 한층 더 다급해졌다.

"어? 이거, 낄 거면 서둘러야겠는데요? 벌써 끝물인데요?"

아닌 게 아니라, 은형대의 십팔로항마진에 벌써 균열이 가기 시작했다.

도적들의 거침없는 파상공세에 수적 열세를 극복 못 한 것이다. 특히 이여립이 성난 멧돼지처럼 대감도를 휘둘러 댈 때마다 십팔로항마진 전체가 휘청휘청 흔들리고 있었다.

"이햐! 저 대머리 자식 뭐 저렇게 강해? 팔공산에서 사왕 다음은 대력귀도 이여립이라더니 허명이 아니었구만!"

"지금 감탄이나 하고 있을 때가 아닙니다만?"

"알았어. 알았다고. 까짓 한 번 놀아 보지, 뭐."

"그래도 일단은 그냥 시늉만 하죠. 어차피 세 개 파벌이 물고 물리는 형국이라 지금은 제대로 붙어봐야 소모전만 될 뿐이니까."

"무슨 소리를 하는 거야? 아예 하지 않을 거면 모를까, 이왕 하기로 했으면 제대로 붙어야지! 게다가 내 집 안방에서 주인행세 하는 놈들인데 그걸 그냥 놔둬? 자존심 상하게? 이참에 남천봉이 최고라는 걸 확실하게 인식시켜 준다! 그래야 다시는 여길 와서 깝치지 못할 테니까. 악인채와 와웅채에도 그렇게 전해. 주완봉이고 기암봉이고 간에 죄다 쓸어버릴 각오로 덤비라고! 아, 그리고 저 대머리 새끼는 내가 찜했다는 것도!"

그 순간에도 이여립은 은형대의 십팔로항마진을 종이 짝처럼 찢어발기고 있었다. 그런 이여립을 보는 장청의 눈은 호기와 투쟁심으로 번득였다.

전부터 붙어 보고 싶던 상대였다.

이여립을 꺾으면 명실상부 사왕의 다음 자리를 차지하는 것이기에 언제고 붙어야 하는 상대였고, 그래서 늘 기회를 엿보고 있던 참이었다. 그런데 마침 지금 그 기회가 온 것이다.

하지만 뜻대로 되지 않았다.

바로 그 순간 은형대의 무사 하나가 끝내 이여립의 대감도에 머리가 쪼개지려는 찰나,

콰앙—!

"크윽!"

무언가 엄청난 충돌음이 있고, 은형대 무사의 머리가 쪼개지기는커녕 오히려 이여립이 신음을 토하며 튕겨 나가는 것이 아닌가?

'……?'

장청의 의아한 시선 속에서 간신히 신형을 바로 잡는 이

여립이 보였다. 그런 이여립의 얼굴은 아예 얼이 빠져 있다시피 했다.

이여립뿐만이 아니었다.

이 예상치 못한 상황에 여기 모인 모두가 경악한 얼굴을 하고 있었다.

그도 그럴 것이 단 일검으로 이여립을 퉁겨낸 자가 놀랍게도 채 약관도 되지 않은 소년이던 것이다.

“그러게 믿을 게 없어서 도적들과의 약속을 믿냔 말이지.”

그렇게 투덜거리며 등장한 소년은 물론 루하였다.

“이……!”

자신을 퉁겨낸 자가 머리에 피도 안 마른 애송이라는 걸 그제야 확인한 이여립은 머리에 피가 거꾸로 솟는 기분이었다.

그야말로 굴욕적.

“이 애송이놈이 감히!”

급한 성질대로 앞뒤 재지도 않고 그 즉시 루하를 덮쳤다.

그 기세가 어찌나 빠르고 맹렬한지 한번 무너졌던 은형대 무사는 감히 그 앞을 막을 엄두조차 내지 못했다.

그리해 이어진 두 번째 충돌.

기교도 초식도 없었다.

단순무식한 힘과 힘의 충돌이었다.

콰아아앙—!

처음보다 더 큰 굉음에 이어진 것은 또한 처음보다 더 큰 신음성이었다.

“쿠어억!”

믿을 수 없게도 이번에도 퉁겨나간 것은 이여립이다.

심지어 이번에는 제대로 신형조차 가누지 못한 채 종이짝처럼 구겨져 뒹굴고 있었다. 그런 와중에도 억지로 신형을 바로잡아 보지만,

“쿨럭!”

뒤틀린 기혈을 이겨내지 못하고 한 사발의 피를 토하고는 그대로 정신을 잃고 쓰러지고 만다.

그 같은 광경을 보는 모두의 시선은 이젠 경악을 넘어 아예 불신이었다.

눈앞에 펼쳐진 상황이 도무지 현실 같지 않았다.

꿈이라도 꾸는 것 같았다.

그 믿지 못할 광경에 오백여 도적들은 물론이고 은형대 무사들조차 시간이 정지하기라도 한 것처럼 그 자리에 멈췄다.

이여립이 누군가.

사왕이 나타나기 전까지만 해도 이 지옥의 복마전 같은 팔공산에서 터줏대감 노릇을 톡톡히 해 왔던 녹림의 거두

였다. 실력만 놓고 본다면 육대가문의 가주들과도 자웅을 겨룰 수 있다 알려진 고수였다.

그런데 그런 녹림의 고수가 아직 약관도 되지 않은 소년에게, 대력귀도라는 별호가 무색하게 저토록 압도적으로 힘에서 박살 나다니?

"대체 저거 뭐하는 자식이야? 제갈세가의 후기 중에 저런 괴물이 있다는 건 들어 본적도 없는데?"

장청의 그 같은 의문은 이 자리에 있는 도적들 모두의 의문이기도 했다.

더 놀라운 것은,

"아니, 잠깐만…… 저거 뭐야? 목검이잖아? 그럼 고작 목검으로 저 대머리 자식의 대감도를 날려 버렸다고? 지금 이걸 나더러 믿으라는 거야?"

정말이지 두 눈으로 보고도 믿기지 않는 장면이었다.

그렇게 모두가 불신 가득한 눈으로 루하를 보고 있었다.

하지만 루하는 그런 시선들에는 신경도 쓰지 않은 채 자신의 목검을 내려다 보다 설란에게로 눈길을 돌렸다.

"이거 좀 이상한데?"

고개를 갸웃거리는 루하의 표정은 어딘가 불만스러웠다.

"왜?"

"힘이 안 실려."

"뭐?"

루하의 말에 설란이 어리둥절한 표정을 한다.

힘이 안 실리다니?

'그럼 방금 그건 뭔데?'

이여립에 대해선 잘 모르지만 십팔로항마진을 부수던 그 실력은 결코 만만한 것이 아니었다.

적어도 홍염마수 이상이다.

그런 자를 단 두 수만에 격퇴해 놓고 힘이 안 실렸다니?

"싸울 생각을 하니까 단전에 뭉쳐 있던 지기가 마구 얽혀서 막 들끓어. 폭발할 듯이. 전에 처음 검기를 날렸을 때랑 비슷하게 말이야. 근데 막상 기운을 끌어올리니까 마치 온순한 양처럼 얌전하게 변해."

"저 사람은 절대 얌전했다고는 생각 안 할걸?"

설란이 정신을 잃은 채 급히 수하들에게 실려 가고 있는 이여립을 눈짓했다. 딱 보기에도 목숨이 위태로울 정도의 내상을 입었음이 분명했다.

"강해진 건 나도 알아."

당연히 알고 있다.

팔공산을 오를 때만해도 잔뜩 쫄아 있던 마음이 이여립과 일수를 겨룬 순간 말끔히 지워졌을 만큼 자신의 변화를 분명히 인지하고 있었다.

"단지…… 훨씬 더 강한 힘이 단전에 있는데 그게 제대로 안 나오니까 답답해서 그래. 음…… 한 번 더 시험해 봐야 하나?"

여전히 못마땅한 듯 중얼거린 루하의 눈이 다음 상대를 찾았다

그렇게 루하의 눈길이 도적들을 쓱 훑어가자 그 눈길을 받은 도적들이 저도 모르게 주춤 뒷걸음질을 쳤다. 하지만 그것도 잠깐이었다. 루하의 눈길이 막호채의 채주 막굉(莫宏)에게 닿자 막굉이 마치 발악하듯 외쳤다.

"쳐, 쳐라! 저놈부터 죽여라!"

절박하다 싶을 만큼 막굉의 필사적인 외침에 잠시 얼어 있던 도적들이 그제야 다시 본래의 흉흉함을 되찾았다.

"와아아아아! 죽여라!"

"저놈의 목을 취하는 자가 표물의 주인이 될 것이다!"

도적들의 기세는 여전히 살벌하고 흉흉했다.

하지만 루하는 눈썹 하나 까딱하지 않았다.

이미 팔공산 도적들에 대한 막연한 두려움은 사라진 지 오래고 넘쳐나는 자신감으로 호기만 들끓고 있었다.

그건 은형대도 마찬가지였다.

"은형대, 칠성연환참마진(七星連環斬魔陣) 개(開)!"

절망적인 상황에서 수비에만 급급하던 은형대도 루하의

압도적인 신위 앞에 한껏 사기충천해서는 진법을 방어진에서 공격진으로 바꾸며 도적들에 맞서 나갔다.

그렇게 루하를 중심으로 벌어진 은형대 스물과 오백여 도적의 전쟁은 처음과는 다른 양상으로 더 격렬해지고 더 치열해지고 있었다.

챵챵챵—

병장기 부딪치는 소리가 고막을 찢는다.

"죽여라! 한 놈도 살려 두지 마라!"

"제갈세가와의 신의를 저버린 죄, 그 대가를 톡톡히 치러야 할 것이다!"

살기등등한 외침과 함성은 대기를 뜨겁게 달군다.

그 속에서 루하도 흥이 올랐다.

여전히 원하는 만큼 힘이 실리지 않았지만 그럼에도 검을 한 번 휘두를 때마다 우후죽순으로 나가떨어지는 도적들을 보자니 그 손맛이 짜릿짜릿했다.

명색이 악명 자자한 팔공산의 도적들이 아니던가?

대륙에서 난다 긴다 하는 표사들조차 감히 마주하기를 꺼리는 그 대단한 도적들이 자신의 앞에서 힘 한 번 제대로 써 보질 못하고 픽픽 쓰러져간다.

그 모습을 보자니 자신이 정말 대단한 고수가 된 것도 같고 대단한 영웅 협객이 된 것도 같아서 한껏 우쭐해졌다.

"팔공산 뭐 별것도 아니네! 으하하하하! 다 덤벼!"

조화지기의 기운이 고스란히 담긴 대소가 팔공산을 쩌렁쩌렁 울렸다. 그런데 바로 그때였다.

"오냐! 내가 네놈에게 진정한 팔공산을 보여 주마!"

루하의 대소 못지않게 쩌렁쩌렁한 일갈이 어디선가 들려왔다.

그리고 그 직후, 구음지 안에서 다시 한 무더기의 도적들이 달려나왔다.

"비켜! 비키란 말이다! 모두 다 비켜! 저놈은 나 장청이 상대할 것이다!"

한 무더기 도적들의 선봉에서 그렇게 외친 것은 천랑채의 장청이었다. 당연히 그 한 무더기의 도적들은 천랑채를 비롯해 악인채와 와웅채 등 남천봉의 도적들이었다.

장청을 위시한 남천봉의 도적들이 달려오자 그 기세가 어찌나 맹렬했던지 앞을 막고 있던 다른 산채의 도적들이 마치 약속이라도 한 것처럼 좌우로 쫙 갈라졌다.

물론 그건 단지 그들의 기세가 사나운 때문만은 아니었다. 루하의 압도적인 신위에 다들 공포에 젖어 있지 않았더라면 아무리 혼자서는 이길 수 없는 상대라고 해도 경쟁 산채에 그렇게 간단히 길을 내주지는 않았을 것이다.

어쨌든 그 덕분에 인해의 장벽을 뚫고 단숨에 루하에게 이른 장청은 조금의 주저함도 없이 루하를 향해 덮쳐들었다.

"이 애송이 놈아! 내 칼도 한 번 받아 보거라!"

"흥!"

한껏 흥이 올라 있던 루하는 가소롭다는 듯 콧방귀를 뀌며 거침없이 짓쳐 오는 장청의 칼을 그대로 쳐 냈다.

아니, 쳐 내려 했다. 한데,

'어?'

어찌 된 일인지 당연히 뒤따라야 할 충돌음이 없었다. 뭔가 부딪치는 느낌조차 없었다. 그것은 마치 자신의 목검이 장청의 칼 속으로 빨려드는 것 같은, 공허하면서도 섬뜩한 느낌이었다.

하지만 더 섬뜩한 것은 그 다음이었다.

파파파파팟!

목검에 막혔어야 할 장청의 칼이 처음 짓쳐 들던 그대로 자신의 목을 노려 오고 있는 것이었다.

"헉!"

간담이 서늘했다.

너무 놀라서 미처 다른 방비도 못 한 채 다급히 몸을 뒤로 뺐다. 그러나 장청은 조금의 틈도 주지 않고 그대로 간격을 좁히며 칼을 찔러 왔다.

비록 다급한 중이었지만 루하도 간단히 당하지만은 않았다. 장청이 간격을 좁히는 만큼 그보다 더 빨리 뒤로 걸음을 물려 거리를 벌리고는 다시 한 번 장청의 칼을 쳐냈다.

아니, 이번에도 쳐내려 했을 뿐 이어진 것은 또다시 그 이상하고 공허한, 어떤 섬뜩함이었다.

그나마 다행인 것은 이미 한 번 겪었던 일이라 대비는 되어 있었다는 것이다.

공허한 울림을 느낀 순간 그의 몸은 이미 장청의 사정거리로부터 삼 장 밖으로 벗어나 있었다. 아니, 벗어났다 안도한 순간이었다.

파파파파팟!

장청의 칼이 날카로운 파공을 내며 어느새 눈앞까지 짓쳐들어오고 있었다.

이건 아까보다도 더 급박한 상황이었다.

어찌나 빠르고 갑작스러운지 뻗은 검을 다시 회수하는 것조차 불가능했다.

그걸 확인시켜 주듯 장청의 입가에 회심의 미소가 어렸다.

"큭!"

다급한 중에 루하가 거의 본능적으로 왼팔을 들어 올렸다.

그 순간,

까앙—!

귀를 찢는 쇳소리에 이어 엄청난 거력이 노도처럼 밀려 들었다. 그로 인해 회심의 미소를 보기 흉하게 일그러뜨리며 '큭!' 짧은 신음마저 토하는 장청이다.

하지만 주르륵 뒤로 미끄러지며 여력을 흘렸기에 실제 타격은 그리 크지 않았다. 그저 의아하고 황당할 뿐이다.

"뭐냐, 그건?"

장청의 질문을 대답 대신 반문으로 받는 루하다

"그러는 당신 그건 뭔데요? 대체 어떻게 한 거예요? 사술이에요?"

무쇠처럼 변하던 루하의 팔에 대한 장청의 호기심과 마찬가지로 아까의 공허함과 섬뜩함의 정체가 루하 역시도 궁금한 것이다.

"사술이 아니라 단혼팔문도라는 도법이야."

대답은 장청의 것이 아니었다.

어느새 옆으로 다가와 놀람 반 호기심 반으로 장청을 보는 설란이다.

"단혼팔문도?"

"이화접목의 극의를 담은 도법. 무공에 대한 지극한 재능이 없고서는 익히기가 불가능해서 근 삼백 년 동안이나 절전되었다 알려진 도법이야."

"뭐? 그렇게나 대단한 거야?"

루하가 새삼스럽다는 눈으로 장청을 본다.

설란의 말인즉슨 이 눈앞의 도적이 무공에 대한 지극한 재능을 타고난 인재라는 것인데,

'생긴 건 그냥 전형적인 도적놈인데?'

루하의 생각이야 어떻든 설란이 감탄하듯 말했다.

"놀랍네요. 단혼팔문도를 익힌 자가 현존한다는 것도. 그 대단한 재능으로 도적질이나 하고 있다는 것도."

"나야말로 놀랍군. 둘 다 아직 어려 보이는데 하나는 신묘막측한 무공에 하나는 단혼팔문도를 알아보는 식견이라니. 제갈세가가 그렇게 물이 깊은 곳이었나?"

"저희는 제갈세가의 사람이 아니에요."

"제갈세가의 사람이 아니다? 하면 너희는…… 아, 이런…… 뒷이야기는 다음으로 미뤄야겠군."

장청이 의미심장한 표정으로 한쪽 눈을 찡긋했다.

그와 동시였다.

이히히히히힝!

시끄러운 말울음에 이어,

두두두두두두두!

돌연 말발굽 소리가 지축을 울린다.

"정 소협, 표물을!"

어디선가 도적들과 섞여 있던 이도명의 다급한 외침도

이어졌다.

급박함이 느껴지는 그 상황에 루하가 무슨 일인가 싶어 돌아보니 표물을 실은 수레 세 대가 맹렬하게 달려오고 있었다.

'뭐, 뭐야?'

아무리 경사가 비교적 완만한 구음지라 해도 엄청난 무게의 석궤를 싣고 마치 성난 황소처럼 미친 듯이 질주하는 말이라니?

더구나 그리 좋은 말들도 아니었다.

용골의 낭떠러지에서 죽은 말들을 대신해 급조해서 구한 잡말들이었다. 아무리 여섯 필이 끌고 있다고 해도 저런 속도는 불가능했다.

그때 불현듯 떠오르는 생각 하나.

'설마…… 마광단(馬狂丹)?'

마광단은 이름 그대로 말을 미치게 만드는 약이다. 마광단을 복용한 말은 평소보다 두 배, 세 배의 힘을 내지만 마치 생명을 갉아먹듯 세 시진을 버티지 못하고 혈관이 터져 죽게 되는데, 감당할 수 없는 도적을 만났을 때 표국에서 표물을 지키기 위한 최후의 수단으로 쓰는 게 바로 마광단이었다.

마광단을 복용한 말을 한 번도 본 적은 없지만 붉게 충혈

된 눈 하며 입가로 흘리는 푸른 침, 근육들 위로 비정상적으로 튀어나온 혈관이 들었던 그대로의 모습이었다.

"이런 개자식들!"

도적들의 잔인함에 울컥 화를 토했지만 지금은 화풀이를 할 수 있을 만한 상황이 아니었다. 마광단을 먹은 말들이 미친 듯이 달려오고 있었다.

눈 깜짝할 사이에 이미 지척에까지 이르렀다. 아무리 지기를 온전히 다 흡수한 루하라고 해도 차마 폭주하는 미친 말 앞을 막아 설 엄두는 내지 못했다. 그러기는커녕 설란을 끌어당겨 가슴에 안고는 급히 옆으로 몸을 굴렸다.

두두두두두두두두—

광포하게 내달리는 말과 수레가 섬뜩한 모래바람을 일으키며 옆을 스쳐 지나간다.

급히 몸을 피한 루하와는 달리 장청은 이미 기다리고나 있었다는 듯 달려 나가는 수레 위로 훌쩍 몸을 날렸다.

"그럼 어린 친구, 기회가 되면 다음에 또 보세나."

그걸로 끝이었다.

도적들을 좌우로 가르며 뛰어들었던 남천봉의 도적들이 처음부터 그럴 계획이었다는 듯 그 상태 그대로 인해장벽을 쳐 길을 텄고, 세 대의 수레는 그렇게 트인 길을 따라 구음지 깊은 곳으로 유유히 사라졌다.

그 일사불란한 움직임에 잠시 잠깐 멍해 있던 도적들이 그제야 급박하게 외쳤다.

“이 약아빠진 자식들이!”

“막아!”

“남천봉 놈들을 쫓아!”

“표물을 놓치지 마라!”

도적들이 우르르 수레를 쫓기 시작했다.

도적들에게 에워싸여 고군분투 중이던 은형대는 그 덕분에 몸이 자유로워졌지만 다급하기는 그들도 마찬가지였다.

“쫓아라! 절대로 놈들에게 표물이 넘어가게 해서는 안 된다!”

이도명의 재촉은 루하라고 예외가 아니었다.

“정 소협! 잡아야 합니다! 반드시 표물을 되찾아야 합니다!”

지금 상황에서 표물을 되찾을 수 있는 유일한 존재가 루하였기에 이도명의 외침은 간절했다.

‘그러게 애초에 왜 팔공산을 택해서 이 고생이냔 말이야!’

속에서 다시 울컥 짜증이 치밀었지만 이미 오천 냥이라는 거금을 받은 몸, 적어도 표물에 대한 책임만큼은 회피할 수 없는 일이기에 이도명의 그 간절한 외침을 무시해 버릴 수가 없었다.

"업혀!"

루하가 설란에게 등을 내밀었다.

"뭐?"

"널 이런 도적들 속에 두고 갈 수는 없잖아. 어서 업혀."

"아무리 그래도 그렇지……."

남정네의 등에 어찌 몸을 맡길까.

"한 이불 덮고 산 사이에 뭘 새삼스럽게 내외하고 그래?"

"그러니까 한 이불 덮고 산 적 없다니까."

"아, 됐고. 어서 업히기나 해. 이러다 놓치겠어."

여전히 설란이 망설이자 아예 그녀의 두 팔을 끌어당겨 자신의 목에 두르고는 강제로 업어 버리는 루하다. 상황이 다급함을 알기에 차마 그것까진 거부하지 못한 설란이 마지못해 루하의 등에 업히며 물었다.

"그래서? 따라잡을 수는 있어?"

"당연하지! 천지간 가장 조화로운 지기를 얻은 몸인데 그깟 약 처먹은 말 새끼 하나 못 잡을까."

호기롭게 말한 루하가 허리를 한껏 젖히며 길게 숨을 들이키고는 그대로 땅을 박찼다.

그러자,

파아앙―!

날카로운 파공음을 내며 도적들의 머리 위를 마치 빛줄

기처럼 뻗어나갔다.

그 순간 루하를 보고 있던 이도명의 입에서 자기도 모르게 감탄성이 터져 나왔다.

"궁신탄영(弓身彈影)!"

그랬다.

지금 루하가 설란을 등에 업은 채로 무심결에 펼치고 있는 것은 최상승의 경신법인 궁신탄영이었다.

물론 배운 적 없다.

그의 몸이, 몸속 조화지기가 지금 이 순간 그저 가장 빠르게 달릴 수 있는 방법을 스스로 찾아낸 것뿐이다. 물론 그 사실을 이도명이 알았다면 이도명의 입에서 나오는 것은 감탄성이 아니라 경악성이었을 테지만 말이다.

第三章

금강불괴라고? 그럴 리가 없잖아!

한편, 장청을 태운 수레는 마광단의 약효에 거침없이 내달리고 있었다.

그렇게 한참을 내달린 끝에 장청이 슬쩍 뒤를 돌아보며 말았다.

"완전히 따돌린 거 같은데?"

여기까지 오는 동안 뒤를 밟히지 않기 위해 몇 번이나 길을 꺾었고, 그렇게 다른 두 대와의 수레와도 갈라졌다. 아직 뒤쪽이 조용한 것을 보니 제대로 따돌린 것 같았다.

"다른 쪽 수레로 죄다 몰렸으려나요?"

"뭐 어때? 어차피 그쪽이야 악인채와 와웅채가 담당한

건데."

"그래도 이번 일의 책임자는 어디까지나 두령이잖습니까?"

"괜찮아. 그 와중에 하나라도 얻어 낸 게 어디야? 운 좋으면 두 대가 될 수도 있고. 이게 다 내 뛰어난 기지 덕분인데 잔혹도마 그 늙은이가 날 탓할 리가 없잖아."

"뛰어난 기지가 아니라 그냥 잔머리였죠. 말이 나왔으니 하는 말이지만 아까는 제대로 붙는다면서요? 아예 끼어들지 않으면 모를까, 이왕 끼어드는 거면 제대로 붙어서 남천봉이 최고라는 걸 보여 줄 거라면서요? 근데 이건 너무 얍삽한 거 아닙니까?"

"그거야 그 어린놈이 그렇게 강한 줄 몰랐으니까 그렇지. 남의 집 앞마당에서 주인 행세하던 주완봉 기암봉 그 개념 없는 것들만 싹 쓸어버리면 깔끔히 정리가 될 줄 알았는데 웬걸, 그런 괴물이 불쑥 튀어나올 줄 내가 어떻게 알았겠냐고. 이여립이 한 방에 나가떨어진 거 못 봤어? 그런 놈이랑 제대로 붙어서 내가 뭔 수로 이기냐고."

"그래도 아까는 두령이 더 우세했잖아요?"

"우세는 개뿔. 그놈의 목검이 얼마나 무작스러웠는지 알어? 한 번 휘두를 때마다 아주 간담이 다 쪼그라드는 줄 알았다니까. 게다가 우세란 것도 어디까지나 단혼팔문도의 묘리가 그놈에겐 생소해서 그런 거지, 계속 싸웠으면 나도 십중팔구는 이여립 꼴 났을걸? 아니, 그보다 훨씬 더 심한 꼴을 당했겠지. 뭐, 그렇다고는 해도 아깝긴 했어. 운만 좀 더 따라 줬으면 그때 녀석의 목을 벨 수도 있었는데…… 아니, 그건 운의 문제가 아닌가? 진짜 그건 뭐였던 거지?"

장청이 도무지 이해가 안 된다는 표정으로 고개를 갸웃거렸다.

지금 장청이 떠올리고 있는 것은 자신의 회심의 일격을 막아내던 루하의 무쇠팔이었다.

뭐였던 것일까?

고작 살가죽으로 된 팔로 어떻게 금석(金石)도 베는 자신의 칼을 막았던 것일까?

"게다가 아까 그 쇳소리는 뭐고? 지 몸이 무슨 강철이야? 금강불괴라도 돼?"

뿐이랴. 칼과 팔이 부딪치는 순간에 밀려들던 그 어마어마한 거력은 또 뭐란 말인가?

뜨거운 것도 같고 차가운 것도 같고, 단단한 것도 같고 부드러운 것도 같고, 맑은 것도 같고 탁한 것도 같던 기운이 스며들자 저항할 새도 없이 기혈이 진탕되어 온몸의 맥이 다 빠지는 느낌이었다.

"살다 살다 그런 괴상한 물건은 아무튼 처음 봤다니까.

진짜 다시는 만나고 싶지 않아."

생각만 해도 진저리가 쳐진다는 듯 몸까지 부르르 떠는 장청이다.

하지만 그의 그 소박한 바람은 불과 열을 세기도 전에 끝나고 말았다.

콰콰콰콰콰—

갑자기 뒤에서 공기가 찢어지는 소리 같기도 하고 대지가 부서지는 소리 같기도 한 굉음이 들린다 싶은 순간,

콰아아앙—!

엄청난 충돌음과 동시에 어마어마한 거력이 수레를 덮쳤다.

"뭐, 뭐야?"

의문은 나중이었다.

위험을 직감한 장청은 본능적으로 수레에서 튀어 올랐다. 그런 그의 눈에 산산이 부서져 날리는 수레가 보였다. 그 바람에 놀란 말들이 이리저리 날뛰며 사방으로 흩어지는 것도 보였다.

대체 이게 무슨 일인가 싶어 뒤를 돌아보던 장청은,

"헛!"

순간 너무 놀라서 헛바람을 삼켜야 했다.

다시는 만나고 싶지 않았던 얼굴이 정말이지 그야말로

가공할 속도로 그를 향해 달려오고 있었던 것이다.

'저 괴물은 대체 정체가 뭐냐고!'

대번에 얼굴을 일그러트린 장청이 그 즉시 싸울 태세를 갖췄다.

하지만 잔뜩 긴장한 채 신경을 곤두세운 것이 무색하게도 바로 덮쳐들지 않고 정확히 삼 장 거리를 두고 멈춰 서는 루하다.

루하가 설란을 등에서 내리자 그제야 설란의 존재를 인식한 장청은 다시 한 번 간담이 서늘해질 수밖에 없었다.

'사내 하나를 업고도 그런 속도를 냈던 거라고?'

이젠 아예 기가 다 질릴 지경이다.

그러거나 말거나 잠시 주위를 둘러보던 루하가 장청에게 물었다.

"다른 수레는 어디 있죠?"

"나도 모르지. 이미 일찌감치 갈라졌으니까. 무사히 도망쳤을 수도 있고, 아니면 중간에 다른 산채에게 빼앗겼을 수도 있고."

장청의 말에 루하가 이맛살을 찌푸리며 잠시 생각에 잠겼다.

생각 외로 남천봉의 산세가 복잡하고 어지러웠다. 여기까지 오면서도 갈림길을 몇 번이나 거쳐 왔는지 모른다. 이렇게 장청을 만난 것도 정말이지 운이 좋았다.

다시 돌아가려 해도 막막한 판국에 길도 모르는데 다른 수레를 무슨 수로 쫓을 것이며, 쫓을 수 있다고 해도 그러다 자칫 사왕과 맞닥뜨리기라도 하면 그땐 또 어쩐단 말인가.

아무리 지기를 온전히 흡수한 몸이라고 해도 팔공산의 사왕은 여전히 그에겐 공포스러운 존재였다. 어지간하면 만나고 싶지 않았다.

'결국 지금 내가 회수할 수 있는 건 저거 하나뿐이라는 건가?'

잠시 생각에 잠겼던 루하의 눈이 아무렇게나 나동그라져 있는 석궤를 본다. 자신이 떨친 검기에 철 수레가 산산조각이 났건만 석궤는 흠집 하나 없이 멀쩡했다.

'하긴, 사왕이 배신 때린 시점에서 이거 하나라도 지킨 것만 해도 내 할 도리는 다 한 거지 뭐.'

단 하나 마음에 걸리는 것은 이 석궤가 용궐에서 만졌던 그 석궤가 아니라는 것이다.

생전 처음 본 강시였기 때문인지, 숨 막히도록 아름답던 모습 때문인지, 그도 아니면 독과 지기가 교차하던 그때의 공포와 쾌감이 특별한 기억으로 남아 있는 때문인지 그날 보았던 강시가 괜스레 신경이 더 쓰였다.

하지만 이미 그의 손을 떠난 일이다.

미련을 가져 본들 소용없다.

지금은 당장 눈앞에 있는 거라도 잘 챙기는 게 우선이었다.

루하가 고갯짓으로 석궤를 가리키며 장청에게 물었다.

"저거…… 그냥 순순히 돌려주진 않겠죠?"

"물론 안 되지. 다른 쪽 수레가 어떻게 됐을지 확인이 안 되는 상황에서 이건 우리 생명 줄이기도 하니까."

"그럼 힘으로 가질 수밖에 없군요."

루하가 고개를 끄덕이며 목검을 들어 올렸다.

"아까와는 좀 다를 거예요."

"내 단혼팔문도도 아까 그게 전부는 아니지."

그렇게 답하며 장청이 도를 들었다.

자루 넉 자 두 치, 도신 넉 자 다섯 치. 자루가 길고 날폭이 넓은 협도가 마침 중천으로 떠오른 햇살을 받아 섬뜩하게 번뜩였다.

장청의 기세가 꽤나 살기등등하다.

사실 모웅에게 앓는 소리를 했지만 그래도 자신감은 있었다.

팔 성의 성취를 이룬 단혼팔문도를 믿었다.

어쨌거나 앞서의 싸움에서 단혼팔문도가 충분히 통했으

니까.

다만 역시 하나 걸리는 것은 루하의 팔이다.

조금 전 잘려 나간 팔소매 속으로 속살이 그대로 보인다. 물론 그 속에 비치는 속살은 특이할 것 하나 없는 평범한 사람의 살가죽 그대로다.

'대체 저 팔에 무슨 사술을 부린 건지는 모르겠다만 내게 두 번은 통하지 않는다!'

장청은 지체하지 않고 바로 루하를 향해 달려들었다.

촤아아앙—

협도가 공기를 가르며 쪼갤 듯이 루하의 정수리를 내려쳤다.

루하는 한 번 당한 것이 있기에 바로 맞받지 않고 슬쩍 몸을 뒤로 물려 장청의 협도를 피하고는 협도가 허공을 가르는 그 틈을 놓치지 않고 공간을 격하며 벼락처럼 목검을 날렸다.

콰콰콰콰콰—

대기를 부수며 날아드는 루하의 목검은 아까와는 좀 다를 거라던 그의 말처럼 아까보다 더 강하고 더 빨랐다.

하지만 그게 장청에겐 오히려 더 호재였다.

상대의 힘으로 상대를 제압하는 이화접목의 오의를 바탕에 둔 단혼팔문도다. 상대의 힘을 흡수해서 그 힘을 속도로

승화시키는 것이 또한 단혼팔문도의 요체였다. 그런 만큼 루하의 공격이 강하면 강할수록, 빠르면 빠를수록 반격의 속도는 높아진다.

더구나 그의 단혼팔문도는 이제 팔 성에 이르러 있었다.

팔 성이면 거기에서 다시 네 배까지 반격 속도가 높아진다.

"흡(吸)!"

루하의 공격을 흡수하고.

"함(含)!"

그 기운을 갈무리하며.

"팽(膨)!"

그것을 자신의 기운과 섞어 팽창시키고.

그리해 발출한다.

"출(出)!"

이윽고 장청의 협도가 빛보다도 빠른 속도로 루하의 목을 베어 갔다.

그런데 그때, 루하의 팔이 앞을 막았다.

아까와 똑같은 장면. 하지만 장청은 이미 그럴 줄 알고 있었다는 듯 급격히 베어 가는 각도를 낮췄다.

파파파파팟!

각도를 꺾은 협도가 이번에 노리는 것은 루하의 허리였다.

워낙에 빨랐다.

루하의 힘을 머금고 무려 네 배나 되는 속도로 덮쳐드니 그야말로 눈으로 좇기도 버거울 지경이었다.

제아무리 조화지기를 모두 흡수한 루하라고 해도 이 순간만큼은 달리 뾰족한 수가 없었다. 아니, 뾰족한 수가 없을 거라 장청은 그렇게 확신했다.

그런데 이어진 것은,

까앙—!

아까 들었던 쇳소리보다 조금 더 크고 조금 더 날카로운 쇳소리가 귀를 찢는다.

'……?'

놀란 그의 눈에 루하의 잘려 나간 허리춤 옷자락 속으로 언뜻 묵빛의 무언가가 보였다.

'뭐야, 저건?'

하지만 그건 그야말로 찰나간에 사라졌다. 묵빛 무언가가 사라진 자리에는 거짓말처럼 깔끔하고 부드러운 살색 피부만이 덩그러니 보였다.

'대체 무슨 사술을 부리고 있는 거야?'

의문과 혼란.

그러나 그것을 붙들고 있을 틈이 없다.

의아해하고 황당해하는 그와는 달리 자칫 목숨을 잃을

뻔한 루하가 아무런 동요도 없이 그 즉시 다시 검을 떨쳐 온 것이다.

콰콰콰콰콰콰콰—

아직 여력이 충분하다는 걸 일부러 보여 주기라도 하는 것처럼 이번에는 더 강하고 더 빨랐다.

장청이 입술을 잘끈 깨물었다.

'좋다! 네놈이 대체 무슨 사술을 부리는지는 모르겠지만 이번만큼은 반드시 네놈을 벨 것이다!'

이윽고 단혼팔문도가 펼쳐졌다.

거의 자신이 낼 수 있는 한계치까지 속도를 높여 그가 노린 곳은 루하의 왼쪽 다리였다.

그러나,

까앙—!

또다시 금속음이다.

그리고 장청은 이번에도 보았다.

찰나간 사라지는 묵빛 무언가를.

'도대체 저건 뭐냐고!'

그건 다음 공격에도, 또 그 다음 공격에도 똑같았다.

아니, 이제 보니 루하에게는 아예 피할 생각이 처음부터 없었던 것 같다. 장청이 공격하면 공격하는 대로 무방비하게 몸을 내맡기고는 될 대로 되라 식으로 마구잡이로 검을 휘둘러 댄다.

'아까와는 좀 다를 거예요.'

이제야 그 말이 무슨 뜻인지 알 것 같았다.

단혼팔문도의 파훼법을 알았다거나 상대할 방법을 찾았다는 자신감이 아니었다. 그냥 될 때까지 몸으로 때워 보겠다는 막무가내였고 단순무식이었다.

어이없는 것은 그 무식하기 짝이 없는 대응에 도무지 속수무책이라는 것이다.

'젠장! 뭐야, 정말? 진짜 금강불괴라도 된단 말이야? 그런 허무맹랑한 일이 진짜로 가능하다고?'

믿을 수 없지만 그 믿을 수 없는 것이 현실이 되어 눈앞에 있다.

폭풍우 속에서 도저히 거스를 수 없는 파도를 만난 어부의 기분이 이러할까?

절대로 넘을 수 없는 철옹성을 마주한 장수의 기분이 이러할까?

암담하고 막막했다.

그리고 그 뒤에 이어지는 것은 현실 부정이었고 또 그 뒤에는 오기와 분노였다.

"금강불괴라고? 그럴 리가 없잖아! 나 무적도 장청이 고작 그런 눈속임에 속아 넘어갈 것 같으냐!"

그대로 땅을 박차 루하를 향해 달려들었다.

이번에는 단혼팔문도가 아니었다.

단혼팔문도와 더불어 그의 또 다른 성명절기인 일월참(一月斬)이었다.

일월참은 단혼팔문도와는 달리 쾌가 아니라 협도 본래의 무거움을 극대화시키는 무공이었다.

오십 근의 협도가 한순간에 천이백 근의 무게로 변한다.

그 천이백 근의 무게로 금강불괴든 뭐든 아예 죄다 부숴 버릴 작정이었다.

그런데 그의 협도가 부숴 버릴 듯이 루하를 찍어 내리려는 그 순간이었다.

"어?"

루하의 검이 묘한 궤도를 그린다 싶은 순간, 천이백 근의 무게로 내려치던 그의 협도가 돌연 심해로 빨려드는 듯한 느낌이 들었다. 그리고 그런 느낌이 드는 찰나 섬뜩하고 차가운 기운이 목덜미를 서늘하게 했다.

"헉!"

뭐가 어떻게 된 상황인지 파악할 여유도 없었다.

수많은 생사의 기로 속에서 갈고 닦여진 본능의 외침에 다급히 헛바람을 삼키며 몸을 굴렸다.

서걱—

이어진 것은 목덜미에서 느껴지는 날카로운 통증이었다.

다행히 상처가 깊진 않은 듯했지만 상처를 살필 겨를이 없었다.

대체 이게 다 무슨 상황인지, 머릿속은 온통 혼란과 의문이었다.

그러한 혼란의 틈으로 누군가의 외침이 들렸다.

"단혼팔문도!"

모웅이었다.

둘의 싸움을 지켜보던 모웅이 그렇게 외친 것이다.

"뭐?"

장청이 어리둥절한 눈으로 모웅을 보았다.

지금 이 순간 루하를 보고 있는 모웅의 얼굴은 그야말로 경악 그 자체였다.

그 얼굴이 의미하는 바가 무엇인지는 바로 알아차렸다.

'단혼팔문도라고?'

방금 루하의 공격이 단혼팔문도라는 것이다.

'무슨 말도 안 되는…….'

그럴 리가 없다.

그를 만나기 전까진 단혼팔문도가 뭔지도 몰랐던 놈이다.

그런 놈이 어떻게 단혼팔문도를 펼친단 말인가?

'분명 말도 안 되는 일인데…….'

그럼에도 마냥 부정해 버릴 수만은 없다.

조금 전 그 상황, 그 반격, 칼끝에서 느껴지던 감각까지…… 비록 도가 아닌 목검이었고 수박 겉 핥기 식의 얕은 기예라서 자신의 것에 비하면 투박하고 속도도 훨씬 느렸지만, 그래서 간신히 목숨 줄이나마 부지할 수 있었지만 그건 분명 단혼팔문도였다.

"어떻게…… 어떻게 네놈이 단혼팔문도를 아는 것이냐?"

장청의 물음에 루하가 어깨를 으쓱해 보인다.

한데, 들려오는 대답이 또한 걸작이었다.

"그냥 좀 따라해 본 것뿐이에요."

"뭐?"

"역시 삼백 년이나 절전된 무공이라서 그런가 쉽지가 않네. 뻗는 힘이 약했나? 회전력이 부족한 건가? 아, 하체에 삼 푼의 힘을 더 실었으면 좀 더 부드러웠으려나?"

그렇게 혼잣말로 중얼거리는 루하의 말은 어이없게도 단혼팔문도의 요체였다.

지금 이 순간 장청은 정말이지 귀신에라도 홀린 기분이었다.

아니, 그것은 더할 수 없는 회의감과 자괴감이었다.

설란의 말대로 단혼팔문도는 거기에 담긴 난해함 때문에 삼백 년이나 그 후예가 나타나지 않은 무공이었다.

어떻게 익힌 무공이던가?

지금의 성취를 이루기까지 좌절하고 포기하기를 수도 없이 반복하지 않았던가?

피를 깎는 각고의 노력 끝에 서광이 비추듯 오의의 끝자락을 보았을 땐 세상을 다 가진 듯 기뻤고 뿌듯했다. 자신의 천부적인 재능에 얼마나 큰 자부심을 느꼈는지 모른다.

이십 년을 그렇게 갈고 닦은 무공이었다.

한데, '그냥 좀 따라해 본 것' 이라니?

'그냥 좀 따라해 본 것' 으로 단혼팔문도의 요체를 파악했다니?

'무슨 이런 개풀 뜯어먹는 소리가…….'

장청의 심정이야 어떻든 루하는 꽤나 흥이 난 목소리로 말했다.

"몇 번 더 보면 확실히 손에 잡힐 것도 같은데…… 우리 계속하죠?"

그렇게 말하는 루하의 눈빛은 기대감으로 들떠 있었다.

이 싸움의 원래 목적은 안중에도 없다는 듯, 그저 이 순간 새로운 것에 대한 욕구와 열망으로 잔뜩 흥분한 모습이었다.

신이 나서 어쩔 줄 모르겠다는 그 천진난만한 얼굴을 보고 있자니 성질은 성질대로 나는데 반대로 물 먹은 솜처럼 온몸에서 힘이 다 빠지는 기분이었다.

그리해 장청은 신경질적으로 자신의 협도를 내동댕이쳤다.

"안 해!"

"에?"

"안 한다고! 네놈이랑은 안 싸워! 미쳤냐? 이기지도 못할 싸움, 계속해 봤자 내 것만 속속 뽑혀 먹힐 텐데, 내가 누구 좋으라고 그 짓을 해? 안 해!"

그러고는 털푸덕 그 자리에 엉덩이를 깐다.

"졌다. 내가 졌으니까 죽이든 살리든 네놈 맘대로 해!"

장청이 그렇게 나올 줄은 생각도 못 했기에 루하는 멍한 얼굴을 했다.

장청의 성격을 잘 아는 모웅은 장청의 행동에 대한 놀람보다는, 오기와 고집으로 똘똘 뭉친 저 사내가 스스로 칼을 놓게 만들어 버린 이 눈앞의 소년에게 황당해하고 있었고 그건 설란도 마찬가지였다.

그녀가 말했던 것처럼 단혼팔문도는 지극히 난해한 무공이었다. 너무 어려워서 삼백 년 동안이나 절전되었다는 것도 결코 과장이 아니었다. 실제로 지난 삼백 년 동안 당대의 재능들이 단혼팔문도를 손에 넣었지만 '사람이 익힐 수 없는 무공' 혹은 '그저 이론상으로만 가능한 무공'이라며 스스로 그 재능의 한계를 인정해야 했다.

그만큼 깊고 어려운 무공이었다. 범인은 흉내조차 낼 수 없는 특별한 무공이었다.

한데, 지금 루하는 겨우 몇 번 칼을 부딪쳐 본 것만으로 흉내를 넘어 그 오의마저 엿본 것이다.

이건 삼재검을 익혔을 때와는 또 달랐다.

그때도 충분히 놀랐고 그 후로 보여 준 재능에도 가슴 떨리게 흥분했지만 이 순간 그녀가 받은 놀람이란 건 그 원인을 알기에 더 컸다.

완성된 천지무극조화지기.

가장 조화로운 존재.

그것 말고는 지금 이 상황이 설명이 되지 않는다.

대체 어디까지인 것일까?

그 효능은?

가능성은?

그로 인해 또 앞으로 얼마나 많은 놀라운 일을 목격하게 될까?

생각하니 이젠 덜컥 두려운 마음까지 들었다.

그러거나 말거나 루하는 그저 장청의 항복 선언이 아쉬

울 뿐이다.

"정말 이대로 그만두실 거예요? 이 자리에서 제 손에 죽을 수도 있는데요?"

"흥! 죽이든가 말든가. 난 그게 어떤 거라도 두 번 다시는 내 걸 빼앗기지 않겠다 맹세한 놈이야. 내가 가진 거라곤 이 몸뚱이랑 단혼팔문도가 전분데 그걸 뺏길 바에야 차라리 죽는 게 낫단 말이다!"

가뜩이나 크고 부리부리한 눈을 부릅떠 루하를 보는 장청의 눈빛은 단호하고 굳건했다. 당장 루하가 목을 벤다고 해도 눈썹 하나 까딱하지 않을 것 같은 태도였다.

그런 장청을 보며 이맛살을 구기던 루하가 결국 목검을 내렸다. 나름 무림인이 되었다 자부하는 그였지만 아직 싸울 의지도 없는 자의 목을 벨 수 있을 만큼 모질어지지는 못한 것이다.

그렇다고 이대로 그냥 놓아줄 생각은 없다.

루하가 설란에게 물었다.

"혹시 묶을 만한 거 있어?"

"묶을 만한 거? 천잠사는 있는데…… 왜? 저 사람 묶게?"

새삼 다시 느끼는 거지만 희대의 보물을 참 평범하게 말하는 재주를 가진 설란이다. 천잠보의를 입고 있는 걸 알기에 천잠사 좀 가지고 있기로서니 딱히 놀랍지도 않다.

"응. 그거라도 줘 봐."

설란에게서 건네받고 보니 가늘기는 거미줄보다도 가늘고 가볍기는 솜털처럼 가벼우며 투명하기는 얼음처럼 투명한 실이었다.

살짝만 건드려도 끊어질 것 같아 한 번 당겨 보았다. 하지만 괜한 의심이었다. 고래 힘줄이 이러할까 싶을 정도로 도무지 끊어지지도 늘어나지도 않는다.

"이거 튼튼하네."

"천잠사는 도검에도 잘리지 않으니까."

루하는 흡족해하며 천잠사로 장청의 팔을 묶었다. 장청은 이미 체념했는지 저항 한 번 하지 않았다. 그렇게 장청을 묶은 루하가 모웅을 보았다.

"이봐요, 도적 아저씨, 당신 이 사람 부하죠?"

"……?"

"이 사람 살리고 싶으면 수레 하나 구해 와요. 이 석궤를 실을 수 있는 걸로요. 가능하면 말도 힘 좋은 놈으로 여섯 필. 당신들 때문에 망가졌으니까 그 책임은 지셔야죠."

'망가뜨린 건 네놈이잖아!' 라는 말이 목구멍까지 올라온 모웅이지만 장청의 목숨 줄을 루하가 쥐고 있기에 차마 그 말을 입 밖으로 내뱉진 못했다. 더구나 수레 하나 구해 오는 건 그렇게 어려운 일도 아니었다.

“그래서 그 다음엔 두령을 어쩔 참이냐?”

“급하게 당신들 쫓아오느라 여기가 어딘지도 모르겠고, 돌아가는 길도 나가는 길도 모르겠고…… 길 안내 좀 부탁하죠 뭐. 무사히 팔공산을 벗어나면 그때 놓아 드립죠.”

루하의 말에 장청이 버럭했다.

“흥! 내가 네놈 길 안내를 해 줄 성 싶으냐? 네놈은 내가 그렇게도 자존심이 없는 놈으로 보이는 것이냐?”

“아뇨. 자존심은 있어 보이는데 그래도 길 안내는 해 줘야 할 걸요?”

“내가 왜? 어째서?”

“어차피 그쪽도 여길 나가야 하는 처지니까.”

“뭐?”

“아까 그랬잖아요. 다른 쪽 수레가 어떻게 됐을지 확인이 안 되는 상황에서 이건 그쪽 생명 줄이라고. 그건 우리를 노린 게 사왕의 사주였다는 뜻이고, 이걸 가져가지 않으면 사왕에게 죽을 수도 있다는 거잖아요. 나는 이걸 당신한테 돌려줄 생각이 없고, 아시겠지만 내가 주지 않기로 한 이상 당신네들이 이걸 나한테서 다시 뺏는 건 사실상 불가능한 일이고. 그러니 목숨 줄 부지하시려면 당신도 팔공산을 뜰 수밖에 없지 않겠어요?”

"……."

"다시 말해 팔공산을 떠야 하는 건 어차피 당신이나 나나 같은 처지라는 거죠. 그래서 가는 길에 동행이나 하자는 거고. 길 안내 겸해서 겸사겸사로 말이에요."

루하의 말은 하나도 틀린 것이 없었다.

백 대의 수레를 기다리고 있을 잔혹도마였다.

그런데 정작 나타난 것이 세 대뿐이라면 그 반응이 어떠할지는 안 봐도 뻔했다. 다른 봉우리의 방해가 있었다는 핑계 따위 이해하고 납득해 줄 위인이 아니었다.

고작 세 대. 다른 두 대의 수레가 무사히 도착했다고 해도 안심할 수 없는 판국에 그 두 대마저 다른 산채의 수중에 넘어갔다면, 그렇게 빈손으로 돌아가게 된다면 자신은 물론이고 천랑채 식구들 전부가 잔혹도마의 칼에 도륙을 당할 수도 있었다.

"그러니까 잘 부탁드릴게요."

"내가 길 안내를 해 준답시고 사왕에게 데려가기라도 하면 어쩔 테냐?"

"딱히 그럴 만한 의리가 있는 사이 같진 않은데요? 날 데려간다고 해도 딱히 고맙게 여길 인간도 아닌 것 같고. 겨우 표물 몇 개 잃은 걸로 목숨 걱정해야 하는 수준이면 뭐, 알 만하죠."

“…….”

“그러지 말고 여길 빠져나가는 동안 잘 지내 봐요. 단혼팔문도도 좀 더 보여 주시고. 단혼팔문도를 보여 주시겠다면 묶은 것 정도는 풀어 드릴 수도 있어요.”

“흥! 내가 네놈한테 단혼팔문도를 보여 주는 일은 절대로 없을 것이다!”

“뭐, 그러시든가요. 시간이야 좀 더 걸리겠지만 지금까지 본 걸로도 얼추 그림은 그려지니까.”

루하의 별거 아니라는 말투에 더 기분이 나빠진 장청이 사납게 눈을 부라렸다.

정말이지 자신의 재능과 이십 년 노력이 시궁창에 처박히는 기분이었다.

저런 거만함이라니.

저런 시건방짐이라니.

그런데도 그 거만함과 시건방짐이 전혀 허세로 보이지 않는다. 그것이 그를 더 불쾌하게 만들고 있었지만 안타깝게도 이미 한 번 꺾인 전의였다. 다시 칼을 들 마음이 차마 나지 않았다.

*　　*　　*

"두령. 대체 그 꼬라지가 뭐요?"

"부두령께 얘기는 들었지만, 설마설마했더니 진짜로 저 꼬맹이한테 진 거요?"

"나 참, 꼴좋시다. 무적도 장청이 저런 꼬맹이한테 져서 이 꼬라지라니? 잔혹도마고 자시고 간에 이거 어디 쪽팔려서 팔공산에서 밥 벌어먹고 살겠습니까? 이제 진짜 팔공산을 뜨긴 떠야 할 건가 보네."

왁자지껄 떠들어 대는 한 무리의 사내들을 보며 루하는 눈살을 찌푸렸다.

천랑채 도적들이다.

수레를 구하러 갔던 모웅이 수레와 함께 천랑채 도적들까지 우르르 데리고 온 것이었다.

"이 사람들도 다 같이 간다고요?"

그 말을 모웅이 받았다.

"사왕의 눈 밖에 난 산채가 버티고 살 수 있을 만큼 팔공산은 만만한 곳이 아니니까. 약점을 보인 이상 사왕이 아니더라도 다른 산채에서 그대로 두질 않을 테니까. 더구나 두령이 이 모양 이 꼴로 쫓겨나는 처지라면 그 아랫것들의 운명이야 더 말할 것도 없고. 살려면 여길 벗어나는 수밖에. 그쪽한테도 나쁜 일은 아닌 것 같은데? 어쨌든 이 험한 땅에서 동행이야 많으면 많을수록 좋은 것 아닌가?"

"동행도 동행 나름이죠. 당신네들 두령을 저 모양 저 꼴로 만든 것도 나고, 그래서 사왕에게 목숨 위협받게 만든 것도 나고, 그러니까 웬수라면 웬수인 사이인데 언제 내 등에 칼을 꽂을지 모르는 당신네들이랑 길동무를 하면 내가 어디 잠인들 편히 자겠냐고요."

"그건 걱정할 필요 없다. 사왕을 제외하고 팔공산에서 가장 강한 두령인데, 그 두령을 저 모양 저 꼴로 만든 상대의 뒤통수를 노릴 만큼 객기 충만한 놈은 우리 중에 없으니까. 두령의 목숨을 담보로 장난질 칠 놈은 더더구나 없고."

"그걸 어떻게 장담해요? 도적들의 의리를 어떻게 믿고."

"의리가 아니다. 그냥…… 저 사내가 좋은 거지."

그렇게 말하며 장청을 바라보는 모웅의 눈빛은 어딘지 장난스러우면서도 진지했다.

"흥! 좋기는 개뿔. 누가 들으면 사내들끼리 정분이라도 난 줄 알겠네."

괜히 툴툴거려 보지만 모웅과 그 수하들이 장청을 어떻게 생각하는지는 그들의 격의 없는 행동이나 오가는 말만 들어 보아도 알 수 있었다.

거칠고 무례하지만 그러면서도 틱틱 뱉어내는 말 속에는 흔들림 없는 신뢰와 끈끈한 유대감이 느껴졌다.

루하의 눈이 새삼스럽게 장청을 본다.

확실히 일반적인 도적들과는 다른 느낌의 사내였다.

뭐라 딱히 정의내릴 수는 없지만 뭔가 사람을 끌어당기는 매력이 있다. 자신만 하더라도 표물을 강탈하려 했고 자칫 그 칼에 목숨까지 잃을 뻔했건만 그런데도 이 사내가 그리 싫지가 않으니 말이다.

"좋아요. 다 같이 가죠. 어차피 다 살자고 이러는 건데 막을 수도 없는 노릇이고. 하지만 만일 혹여라도 내 뒤통수를 노리는 객기 충만한 놈이 있으면 그땐 제대로 살계를 열 테니까 그렇게 아세요. 그냥 하는 말 아닙니다. 난 진짜 한다면 하는 놈이니까."

그렇게 으름장을 놓고는 길을 재촉했다.

천랑채의 인원수는 장청을 제외하고 모두 예순두 명이었다. 계획에 없던 일이지만 뜻하지 않게 그들에게 호위 아닌 호위를 받게 되니 마음이 꽤 든든했다.

'역시 하나보다는 둘이 낫지.'

아무리 지기를 완성해서 실력이 강해졌다고 해도, 언제 어디서 도적들이 튀어나올지 모르는 이런 험지에서 설란과 단둘이었다면 심장 꽤나 졸였을 테니까 말이다. 그렇게 생각하면 천랑채의 도적들이 따라와 준 게 오히려 다행이었다.

그러한 든든함은 그로부터 두 시진 후 두 배가 되었다.

"정 소협!"

"어? 이 대주님?"

천만다행하게도 남천봉에서 기암봉으로 넘어가는 길목에서 헤어졌던 은형대 무사들과 다시 만난 것이다.

第四章

환락불(歡樂佛) 임요승(林妖僧)

"어떻게 된 거예요?"

"그보다 저자들은 어찌 된 것입니까?"

은형대 대주 이도명이 천랑채 도적들을 보고 경계하면서도 의아한 얼굴로 물었다.

"그냥 길 안내 겸해서 같이 동행하기로 했어요. 어차피 저들도 더 이상 팔공산에선 살 수 없는 처지거든요."

"아무리 그렇기로서니 어찌 도적들과……."

"괜찮아요. 저들의 두령을 포로로 잡고 있으니까."

루하의 눈이 천잠사로 포박당해 있는 장청을 향했다.

"팔공산을 넘는 동안 도움이 되면 되었지 방해는 되지

않을 테니까 그런 건 걱정하실 필요 없어요. 근데 정말 어떻게 된 거예요? 어떻게 우릴 찾았어요?"

"다른 쪽 수레를 쫓기 전에 수하 하나를 정 소협께 붙여 두었습니다. 정 소협의 속도를 쫓지 못해 얼마 못 가 놓치긴 했지만 다행히 그 후로는 길이 복잡하지 않아 정 소협의 흔적을 쫓는 건 어렵지 않았습니다."

"그래서 표물은요?"

"보시다시피 하나밖에 못 지켰습니다."

이도명이 가리키는 곳에는 수레 한 대가 있었다. 하지만 원래의 모습이 아니었다. 여섯 필의 말은 단 한 마리도 보이지 않았다.

'마광단을 먹였으니 지금까지 살아 있을 리가 없겠지. 그럼 저 무거운 걸 은형대 무사들이 직접 끌고 온 건가?'

그러고 보니 은형대 무사들의 상태가 말이 아니었다. 하나같이 지치고 기진맥진해 있는 모습이었다.

석궤를 맨몸으로 짊어지고 산을 탔을 테니 그간의 고생이야 더 말해 무엇 할까.

"그래도 하나라도 다시 되찾은 게 용하네요."

하긴, 제갈세가의 최정예 무사들이다. 숫자에서 밀리긴 했지만, 개개인만 놓고 따지면 산채의 두령급 정도 되지 않는 다음에야 기동력이나 실력 면에서는 단연 은형대가 앞설 수밖에 없다. 그러니 그들이 수레 하나를 되찾았다고 해서 그리 놀랄 일은 아니었다.

"어쨌거나 결국 하나는 도적들 손에 넘어갔네요."

"예."

"어쩔 수 없죠, 뭐. 사왕이 배신을 때린 마당에 이 인원으로 수레 세 대 중에서 두 대라도 지킨 게 어디예요."

"정 소협께서 크게 도와주신 덕분입니다. 정 소협이 안 계셨다면 표물은 물론이고 우리들 목숨도 모두 무사하지 못했을 것입니다. 제갈세가를 대표해서 진심으로 감사드립니다."

"아뇨. 저야 뭐, 다 돈 받고 하는 일인데요. 정 고마우시면 나중에 높은 분들께 잘 말씀드려서 웃돈 좀 더 얹어 주시든가요. 하하."

웃자고 한 말이었다.

하지만 이도명은 웃지 않았다. 웃기는커녕 그 얼굴은 더욱 무겁게 가라앉고 있었다.

그 심정이야 잘 알고 있다.

표물의 내용물을 들키지 않기 위해 이런 험로를 택한 것인데, 제갈세가의 표물이 강시였다는 걸 사왕이 알게 된다면 제갈세가로서는 정말이지 최악 중에서도 최악인 상황에 놓이게 될 수도 있는 것이다.

이도명의 무거운 얼굴을 보자니 문득 떠오른 생각에 덜컥 겁이 났다.

그래서 노파심에 물었다.

"저기 혹시…… 남은 하나를 마저 되찾겠다거나 뭐 그런 생각을 하고 계시는 건 아니겠죠?"

"아닙니다. 표물의 행방도 정확히 모르고, 설혹 안다고 해도 필경 사왕의 손에 들어갔을 텐데 지금의 전력으로는 불가능한 일입니다."

다행히 그렇게까지 분별력 없는 사람은 아닌 모양이었다.

"그렇죠. 지금은 있는 거라도 잘 지켜 내는 게 최선이죠."

그렇게 맞장구를 치며 내심 안도한 루하는 그제야 문득 생각난 게 있어 은형대가 가져온 표물을 살폈다.

그러다 이내 실망하는 기색으로 눈살을 찌푸렸다.

'이것도 아니네. 결국 그건 사왕의 손에 넘어가버린 건가?'

루하가 생각하고 있는 것은 그 소름 끼치도록 아름답던 강시였다.

'사왕의 손에 들어갔다면 역시 잔혹도마 쪽이려나?'

세 대의 수레를 훔쳐 달아난 것이 장청을 비롯해서 남천봉의 도적들이었다고 하니 그 한 대는 잔혹도마의 수중에 들어갔을 확률이 높았다.

하지만 장담할 수는 없다.

자신이나 은형대가 그랬던 것처럼 도중에 다른 도적들이 빼앗았을 수도 있다.

그렇게 생각하니 괜스레 걱정이 된다.

'설마 환락불 손에 들어간 건 아니겠지?'

환락불.

일명 미친 색불.

어디까지나 풍문으로만 떠도는 얘기이긴 하지만 부녀자 겁탈은 물론이고 죽은 시체 시간(屍姦)도 한다고 들었다.

한마디로 환락불은 스님의 탈을 쓴 색마인 것이다.

더구나 소수혈마공은 초경을 치르지 않은 동정녀만 익힐 수 있는 무공이라고 했다. 그렇다는 것은 그 강시가 동정녀라는 뜻이다.

그렇게 아름다운 여자가 동정녀이기까지 하다면?

과연 그 미친 색불이 강시라고 그냥 둘까?

평범한 사람도 음심을 동하게 만들만큼의 절색이었는데 과연 환락불의 손에서 아무 일 없이 무사할 수 있을까?

생각이 거기까지 미치자 걱정은 더 커진다.

그러다 잊고 있던 사실 한 가지를 떠올리고는 흠칫했다.

"아니지, 그거 독강시였잖아?"

설란은 강시의 제련 과정 중 첫 번째가 앙천독인을 만드는 것이라고 했다. 그래서 강시는 어떤 강시든 간에 기본적으로 치명적인 독을 품고 있다고도 했다. 실제로 자신 또한 그 강시에게 멋모르고 손을 댔다가 호되게 죽을 고비를 넘기지 않았던가.

"뭐, 그럼 아무리 미친 색불이라고 해도 험한 꼴 당할 염려는 없겠네."

루하가 그렇게 안심을 하는데 그런 루하의 중얼거림이 설란에게 들렸나보다.

"무슨 생각을 하는 거니? 미친 색불은 뭐고 험한 꼴은 뭔데?"

"아니, 그냥…… 혹시 수레가 환락불의 손에 들어간 거면 어쩌나 해서."

"왜? 그 강시가 너무 예뻐서 환락불이 이상한 짓이라도 할까 봐?"

"워낙에 그런 쪽으로는 악명이 자자한 작자니까. 그래도 뭐, 아무리 미친 색불이라고 해도 자기 목숨을 담보로 하면서까지 독강시한테 그런 짓은 못 하겠지."

"너…… 환락불이 어디 출신인지도 모르니?"

"응? 출신이 왜?"

"교산파잖아. 독에 관해서만큼은 사천당문도 따를 수 없다는 독의 대종. 파문을 당하기 전까지 환락불은 교산파 최고의 재능으로 불렸던 사람이야. 다음 대 장문으로 내정되어 있던 장문제자이기도 했고. 파문을 당한 것도 독에 지나치게 심취한 나머지 사형제들을 대상으로 독을 실험한 게 크게 사고가 나서 그렇게 된 거야. 오직 독공 하나로 녹림칠패의 자리에 오른 사람인데 그런 독공의 고수가 강시의 독을 무서워할 것 같아? 이미 만독불침지체를 이루었다는 소문까지 있는데?"

"그럼 환락불 손에 들어갔으면 아무리 독강시라도 무슨 일을 당할지 모른다는 거야?"

"당연하지. 앙천독인의 독쯤이야 매일 음료처럼 마셔 대는 인간일 테니까. 넌 이 바닥에서 좀 굴러먹었다는 애가 환락불이 독공의 고수인 것도 몰랐니?"

그거야 알고 있었다. 하지만 아무리 환락불이 독공의 고수라고 해도 강시의 독이 통하지 않을 거라고는 미처 생각 못 했다.

'그 무시무시했던 독이 통하지 않는 인간이 있을 줄 내가 어떻게 알았겠냐고.'

녹색의 독이 손을 타고 올라 온몸으로 번져 갈 때의 기억이란 건 정말이지 그에겐 생애 최고의 공포였다. 그런 독을 음료처럼 마셔 대는 인간이란 걸 어디 상상이나 할 수 있었겠는가 말이다.

루하의 얼굴이 걱정으로 일그러지자 설란이 의심스러운

눈빛으로 물었다.

“근데 강시가 환락불에게 무슨 일을 당하든 말든 그게 너랑 무슨 상관이라고 그렇게 신경 쓰는 거야? 설마 정말 강시한테 반하기라도 한 거야?”

“무, 무슨 소릴 하는 거야? 그럴 리가 없잖아!”

“근데 왜 이렇게 당황해?”

“당황은 무슨! 전에도 말했지만 내 눈엔 세상에서 니가 제일 예뻐. 너밖에 안 보인다니까? 너처럼 예쁘고 착하고 의술도 잘하고 돈까지 많은 애를 두고 내가 왜 한눈을 팔겠어? 이건 그냥…… 어디까지나 순수하게, 인간적으로다가 걱정하는 것뿐이야. 그게 그렇잖아? 무슨 이유로 강시가 된 건지는 모르겠지만 분명 걔도 좋아서 강시가 된 건 아닐 텐데, 원치도 않게 강시가 된 것만 해도 억울할 텐데 강시가 되어서 그런 일까지 당하는 건 인간적으로 너무 불쌍하지 않냐 말이지.”

아닌 게 아니라 그건 설란에게도 불쾌한 일이긴 마찬가지였다.

소녀 감성에 그런 일은 생각만 해도 진저리가 쳐진다. 잠시 그런 가정을 해 본 것뿐인데도 속이 울렁이고 구역질이 날 지경이다.

“하긴 뭐, 괜한 걱정이긴 하지. 정황상 따져 보면 환락불

보단 잔혹도마의 수중에 떨어졌을 확률이 더 높으니까. 잔혹도마야 성정은 포악해도 그런 쪽으로는 문제를 일으킨 적 없다고 들었고."

그건 루하의 작은 바람이기도 했다.

하지만 현실은 루하의 작은 바람과는 달랐다.

그 시각, 강시를 실은 수레는 이미 환락불의 수중에 떨어져 있었던 것이다.

*　　*　　*

원래는 제법 크고 부리부리했을 것 같은 눈은 두툼하게 흘러내린 눈두덩에 실눈이 되었고 볼살은 부풀어 오르다 넘쳐 턱을 삼켰다. 목은 보이지 않고 그 아래로 몇 개의 등성이가 거대하게 자리 잡았는데 어디가 가슴이고 배인지, 어디가 등이고 어디가 엉덩이인지도 잘 구분이 되지 않는다.

머리카락 한 올 없이 시원하게 벗겨진 머리 아래로는 그야말로 온통 기름진 살들의 향연이었다.

그 비대한 몸뚱이의 주인이 입술을 실룩였다.

"그러니까 겨우 이거 하나 건졌다고요?"

어느 싸구려 창기의 그것처럼 화장 짙은 얼굴에 비릿한

미소.

그 비릿한 미소 뒤에 감추어진 섬뜩한 살기를 알기에 표왕채의 채주 곡승의 등허리는 식은땀으로 축축이 젖었다.

그도 그럴 것이 이 비대한 몸뚱이의 주인이 바로 이곳 주완봉의 패자이자 녹림 최강이라는 녹림칠패의 하나인 환락불 임요승인 것이다.

손가락 한 번 퉁기는 걸로 자신을 한 줌 혈수로 만들 수 있는 사람이었다. 실제로 그렇게 한줌 혈수가 되어 녹아내리는 것을 몇 번이나 보았다.

그저 마주하고 있는 것만으로도 오금이 저릴 판국이다. 하물며 질책과 추궁을 당하는 입장이니 그 살 떨리는 공포야 오죽할까.

"저, 저 그게…… 무슨 일인지 제갈세가 표행단의 수레는 세 대가 전부였습니다."

"수레 세 대가 전부였다고요?"

"예. 표사들도 고작 스물 정도였습니다."

"어째서? 설마 팔공산에 도착도 하기 전에 모두 당하기라도 했다는 말인가요?"

"그게 저도 잘…… 다만…… 치열하게 사투를 벌인 행색들은 아니었습니다."

환락불 임요승이 눈살을 찌푸렸다.

그저 눈살을 한 번 찌푸린 것뿐인데도 온 얼굴의 살들이 출렁출렁거린다.

"고작 수레 세 대에 표사가 스물, 거기다 사투를 벌인 행색들도 아니다? 정말 제갈세가의 표행단이 맞긴 한 것인가요?"

"분명 그렇게 말했습니다. 자신들은 제갈세가의 표행단이라고. 더구나 실력들도 대단했습니다. 특히 그중 가장 나이가 어려 보이는 자의 무공은…… 구관채의 이 채주마저 한 방에 나가떨어졌을 정도였습니다."

"이 시주가?"

임요승이 놀란 눈을 했다.

곁에 두고 수족처럼 부렸던 이여립이다. 그의 강함이야 누구보다 잘 안다.

"제갈가의 소가주가 재능이 뛰어나다더니 혹시 제갈세가의 소가주였나요? 아니지, 아무리 재능이 뛰어나다 한들 그래 봤자 삼봉오룡에도 들지 못하는 아이인데, 고작 그런 아이한테 이 시주가 나가떨어졌다는 게 말이 안 되지 않나요?"

"표사들이 그를 '정 소협' 이라 부르던 것을 보면 제갈세가의 소가주는 아닌 것 같았습니다."

"정 소협? 후기지수 중에 정씨 성을 가진 이가 누가 있더라…….”

당장 떠오르는 이름이 없다.

삼봉오룡 중에도 정씨 성을 가진 자는 없었다.

그러자 곡승이 뭔가 짐작 가는 것이 있는 듯 슬며시 말했다.

“혹시 삼절표랑이 아니었을지…….”

“삼절표랑?”

“홍염마수를 죽였다는 삼절표랑이 제갈세가의 표행에 참가했다는 소문이 있었습니다. 약관도 되지 않은 나이도 그렇고 정씨 성도 그렇고…….”

“그러고 보니 들었던 것도 같군요. 홍염마수를 맨주먹으로 때려죽였다 했죠, 아마? 하나, 아무리 그렇다고 해도 일수로 이 시주를 꺾었다는 게 어디 말이 되나요? 당금 무림에 이 시주를 일수에 꺾을 자가 누가 있다고? 정도십이천이라도 되지 않는 다음에야…….”

“하지만 사실입니다. 실제로 이 채주가 한 방에 당하는 걸 모두가 보았으니까요. 이 채주가 당한 상태에서 저희 표왕채와 전호채만으로는 다른 봉우리를 상대하기엔 역부족이었습니다. 그런 상황에서 수레 하나라도 건진 건 정말이지 죽을힘을 다한 결과였습니다.”

그러니 성과가 부족하다 책하지 말아 주십사, 곡승은 그렇게 애원하고 있었다.

그런데도 임요승은 뭐가 그리 못마땅한지 다시금 살기 머금은 비릿한 미소를 입가에 떠올린다.

덕분에 곡승의 등허리는 이제 흡사 물에 빠지기라도 한 것처럼 흥건했고 이마에서는 연신 식은땀이 흘러내렸다.

"그래서요? 다른 두 대는 누구한테 갔죠? 금강야차는 움직이지 않았다고 했고, 잔혹도마인가요? 아니면 개벽부인가요?"

순간, 비릿한 미소가 짙어졌다.

대답 여하에 따라서 푸르스름한 빛을 머금은 임요승의 독수가 자신을 죽일 거라는 걸 잘 안다. 다행히 곡승이 준비해 둔 말은 임요승의 신경을 거슬리게 할 만한 것이 아니었다.

"잔혹도마 그 미친개도 아니고 개벽부 그 무식한 백정 놈도 아닙니다."

만일 둘 중 하나에게로 표물이 몰렸다면 지금 이 자리가 그의 묏자리가 될 수도 있었지만, 다행히 표물은 잔혹도마의 수중에도 개벽부의 수중에도 들어가지 않았다.

"하면?"

"지금 막 보고를 받은 것입니다만, 남은 두 대는 아직 제갈세가의 수중에 있는 것으로 확인되었습니다."

"그러니까 제갈세가의 표물을 하나라도 수중에 넣은 것은 우리뿐이라는 것이군요."

비릿한 웃음은 여전했지만 그 웃음 속에서 처음으로 살기가 엷어졌다. 흡족해하는 것이다.

덕분에 긴장을 풀고 남몰래 안도의 한숨을 내쉬는 곡승이다. 하지만 그것도 잠시, 임요승의 이어진 질문에 다시 바짝 긴장해야 했다.

"그래서 제갈세가의 표행단은 어디로 갔죠?"

"그, 그게…… 기암봉으로 향하고 있다는 보고를 받았습니다. 아마 지금쯤이면 기암봉에 들어섰을 것입니다. 아, 하지만 워낙에 빠르게 이동을 하고 있는 데다 기암봉은 이미 남천봉과 중간에서 크게 한 판 붙는 바람에 아직 제대로 정비도 되지 않은 상태입니다. 아니, 제대로 정비가 되었다고 해도 장담컨대 기암봉만으로는 그자를 막기엔 절대 역부족입니다. 표사들도 보통이 아니었고. 더구나 무슨 이유인지는 모르나 남천봉의 천랑채까지 잔혹도마에게 등을 돌리고 제갈세가에 붙었다고 하니…… 개벽부가 직접 나서지 않는 이상 남은 표물이 개벽부의 손에 들어갈 일은 절대로 없을 것입니다."

환락불을 비롯해서 사왕이 직접 나서지 않은 것은 어디까지나 제갈세가와의 약속 때문이다. 어차피 눈 가리고 아웅일 뿐이고 명분에 크게 구애받지 않는 사왕이라고 해도, 제갈세가와의 약속을 대놓고 무시해 버리기에는 육대가문이라는 이름이 그들에게도 적잖은 부담인 것이다.

"흠…… 그럼 이거 하나라도 건진 건 큰 수확이로군요."

그제야 살기가 완전히 사라졌다.

연지로 붉게 물들인 두툼한 입술이 살짝 벌어지며 그 사이로 하얀 치아가 드러나자 그제야 곡승은 완전히 마음을 놓았다.

"아닙니다. 그저 이것밖에 가져오지 못한 것이 송구할 따름입니다."

그렇게 곡승이 떠나고 그제야 임요승이 그 육중한 거구를 일으켜 수레로 다가갔다.

그런 임요승의 눈에 이채가 띈다.

"만한석이로군."

만한석이라면 그 자체로 귀한 보물이다. 이 정도 크기의 석궤라면 만한석 값만 해도 족히 수천 냥을 호가할 터였다.

"하면 안에 든 내용물이 적어도 만한석보다는 비싼 물건이라는 건데……."

새삼 호기심이 샘솟는다.

대체 만한석을 써 가면서까지, 그리고 세상을 그렇게 떠들썩하게 만들면서까지 제갈세가가 옮기려 한 것이 무엇일까?

혈마동에서 대체 무엇을 발견한 것일까?

임요승이 석궤를 묶고 있는 금제로 손을 뻗었다.

임요승의 손이 닿자,

치지지지지지—

금제가 매캐한 냄새를 뿌리며 녹아 없어졌다.

임요승은 주저 없이 석궤의 뚜껑을 열었다. 그리해 드러난 물건.

루하가 용골 절벽에서 보았던 바로 그 강시가 아름다운 자태를 뽐내며 임요승의 시야에 들어왔다.

순간, 임요승의 눈에 이채가 번뜩였다.

"이건……!"

강시다.

강시를 제련하는 첫 단계가 바로 독수에 담가 앙천독인을 만드는 것이었다. 독의 대종인 교산파에서 독공을 익힌 그가 강시를 못 알아볼 리가 없었다.

"그렇군. 그래, 제갈세가가 그토록 숨기려고 했던 것이 바로 강시였던 거로군."

그제야 이해가 된다.

제갈세가가 왜 그토록 표물을 감추고자 했는지.

팔공산을 택하면서까지 남궁세가의 눈을 피하려고 했던 그 이유가 무엇이었는지.

임요승의 입꼬리가 기분 좋게 말려 올라갔다.

"이거 꽤 비싼 값에 팔 수 있겠는데?"

고작 수레 하나라고 실망했던 마음이 일거에 사라졌다. 당장 곡승의 표왕채로 선물이라도 보내주고 싶은 심정이다. 그도 그럴 것이 지금 이 순간 그는 제갈세가의 약점을 손에 틀어쥐게 된 것이다.

이 약점을 무엇과 교환하게 될지는 좀 더 숙고해 볼 일이지만 어쨌거나 제갈세가는 그 대가를 아주 비싼 값에 치러야 하게 생겼다.

자신에게 굴러들어온 황금 덩이를 그렇게 기분 좋게 바라보던 임요승이 문득 의아한 표정을 했다.

"한데…… 이 음기는 대체 뭐지?"

얼음처럼 서늘하게 적셔 오다가 날카롭게 살갗을 할퀴는 차가운 한기.

단지 죽은 자에게서 느껴지는 음기와는 차원이 다르다.

그의 눈이 자연스럽게 한기가 가장 강하게 뿜어나고 있는 강시의 손으로 향했다. 그리해 얼음처럼 차갑고 투명한 손을 발견한 순간 눈을 부릅떴다.

"이건 설마 …… 소수혈마공?"

임요승이 급히 강시를 향해 손을 뻗었다.

설란의 말대로 강시의 독쯤이야 아무것도 아니라는 듯

강시의 전신을 만져 대는 그 손길은 거침이 없었다. 그렇게 한참 강시를 만져 대던 임요승의 표정이 어느 순간 마치 벼락이라도 맞은 것처럼 변했다.

"설마 천음지체(天陰之體)라니……."

임요승의 눈이 의아함에서 놀람으로, 놀람에서 경악으로 급격히 변해갔다. 그러다 최종 도착점에서 뜨거운 탐욕을 담았다. 아니, 탐욕 정도가 아니다. 지금 이 순간 임요승의 눈빛에는 어떤 광기마저 번들거리고 있었다.

만일 그 광경을 루하가 보았다면 '이 미친 색불이 드디어 색마의 본색을 드러내는구나!' 했겠지만 지금 임요승이 보이고 있는 광기나 탐욕은 그런 너저분한 욕정과는 본질적으로 다른 것이었다.

아니, 애초에 그는 여색을 탐한 적이 없었다.

욕정에 물든 색마라는 소문도 사실과는 달랐다.

지금까지 수많은 여인을 취했지만 그건 욕정 때문이 아니었다. 그저 살기 위해 여인의 음기를 취한 것뿐이었다.

오랜 세월 독과 함께했다.

그리해 만독불침의 경지까지 이루어 일세의 독인으로 천하를 호령했다. 하지만 정작 그의 신체는 뼛속 깊숙이 침투한 독으로 인해 마치 썩은 두부처럼 녹아 내리고 있었다. 그가 화장을 싸구려 창기처럼 짙게 하는 것도 독으로 인해 부패해 가고 있는 피부를 감추기 위해서였다.

그런 그에게 절대적으로 필요한 것이 음기였다.

음기만이 그 부패 속도를 늦출 수가 있었다.

그리해 필요하다면 죽은 시체의 무덤을 파헤치는 일도 마다하지 않았다. 하지만 그마저도 임시방편일 뿐, 완벽한 치료제는 아니었다.

한데, 그를 치료해 줄 완벽한 치료제가 지금 눈앞에 있다.

"천음지체를 보게 되는 날이 오다니……."

천음지체.

현음절맥(玄陰切脈)을 타고난 여인이 초경을 치르기 전에 최상승의 음공(陰功)을 극성으로 익히면 신체가 천지간에 가장 순정한 음기로 가득 차게 되는데 그것을 일컬어 천음지체라 한다.

현음절맥을 타고나는 것도 매우 희귀할뿐더러, 최상승의 음공을 극성으로 익히는 것도 지극히 어려운 일이었다. 그래서 천 년이 넘는 무림사에 천음지체가 나타난 것은 사백 년 전 홀연히 나타나 단신으로 무당파 이백 고수를 죽이고 사라진 소수마후(素手魔后)가 처음이자 마지막이었다.

그런데 지금 그의 눈앞에 비록 강시이긴 하나 순정의 음기를 그대로 간직한 천음지체가 나타난 것이다.

임요승에게 있어 천음지체인 강시는 단지 제갈세가의 약

점이었을 때와는 그 가치가 완전히 달랐다.

"천음지체의 음기를 모두 흡수하면……."

그렇게만 된다면 독으로 인해 부패하고 있는 죽음과 고통의 시간을 멈출 수 있다. 뿐만 아니라 정체된 그의 독공도 지금까지와는 다른 경지로 올라서게 될 것이다.

"가만, 이제 스무날이 남았나?"

달이 가득 차고 음기가 가장 충만해지는 날.

"크흐흐흐흐……."

그날 환락불 임요승은 다시 태어날 것이다.

"크하하하하! 이거야말로 부처님의 보살핌이 아닌가!"

* * *

한편, 그 무렵 루하 일행은 곡승의 보고대로 남천봉을 지나 기암봉으로 들어서고 있었다.

정말 빠르게 달려왔다.

그 과정에서 천랑채의 도움이 컸다.

도적들이 다시 정비를 하기 전에 팔공산을 넘자면 기암봉이 가장 빠르고 안전한 길이라며 조언도 해 주었고, 여섯 필의 말을 수레 두 대에 나누어 달리다 보니 산길에선 턱없이 힘에 부치는 상황에서도 천랑채 도적들이 자기 일처럼 적극적으로 수레를 밀어 준 덕분에 가파른 오르막길도 평지처럼 달려올 수 있었다.

물론 딱히 고마워할 일은 아니었다.

한시라도 빨리 이곳을 벗어나고 싶은 것은 그들도 마찬가지 처지니까.

특히 잔혹도마에 대한 두려움이 그들을 재촉하고 있었다.

그들에게서 느껴지는 것은 공포였다.

잔혹도마가 나타나는 순간 모조리 몰살을 면치 못할 거라는, 마치 잔혹도마가 염라대왕이라도 된다는 듯한 그들의 태도가 루하는 영 못마땅했다.

모웅의 말대로라면 팔공산에서 사왕 다음으로 강한 것이 그들의 두령인 무적도 장청이라고 했다. 그런 장청을 두 손 두 발 다 들게 만든 자신이다. 한데 그런 자신이 바로 옆에 있는데도 저런 공포라니?

'나 같은 건 아예 사왕의 상대도 되지 않는다는 거야 뭐야?'

납득 못하겠다.

그래서 장청에게 확인차 물었다.

"장 두령님 생각은 어때요?"

마부석에서 손발이 묶인 채로 루하와 설란의 사이에 끼어있는 장청이 그 뜬금없는 질문에 눈살을 찌푸렸다.

"뭘 말이냐?"

"나랑 직접 붙어 봤으니까 잘 아실 거 아녜요. 나랑 잔혹도마 둘 중에 누가 더 강할 것 같은데요?"

루하의 질문에 장청이 한심하다는 표정으로 지극히 당연한 대답을 한다.

"그거야 붙어 봐야 알지."

"그래도 대충 짐작은 할 수 있을 거 아녜요."

"그러니까 그걸 낸들 어떻게 아냔 말이다. 잔혹도마의 전부를 보지도 못했을뿐더러 네놈이 나한테 보여 준 것 역시 네놈이 가진 전부는 아니었을 것 아니냐?"

"그야 그렇지만…… 음, 그럼 일단 제가 보여 준 것이 전부라고 하면요?"

"잔혹도마한텐 상대도 안 되겠지."

"상대도 안 된다니, 절 너무 평가절하하시는 거 아녜요?"

"평가절하가 아니다. 나한테 보여 준 것이 네놈이 가진 전부라면, 단언하는데 잔혹도마의 다섯 초식도 받아 내지 못할 것이다."

짐작보다 훨씬 더 박한 평가에 기분이 팍 상하는 루하다.

전혀 납득 못 하겠다.

사왕의 이름값이 괜한 것이 아니란 것쯤이야 그도 잘 알고 있다. 바로 얼마 전까지만 해도 사왕은 그에게도 염라대왕 사촌뻘쯤으로 여겨지던 까마득하게 높고 무서운 존재였다.

하지만 루하는 얼마 전까지의 그가 아니었다.

세상에서 가장 조화로운 기운을 온전히 자신의 것으로 만들었다.

단전에서 꿈틀대고 있는 달라진 조화지기의 힘을 지금 이 순간에도 확실하게 느끼고 있다.

지금이라면 사왕 아니라 어느 누구에게도 질 것 같지 않았다.

거기다 장청을 상대하며 붙은 자신감까지, 사실 애써 내색은 안 했지만 루하는 정말이지 천하 영웅이라도 된 것처럼 한껏 고무되어 있는 상태였다.

왜 아니 그렇겠는가? 천애의 험지 팔공산에서 그 무시무시하다는 팔공산의 도적들이 그의 일수에 추풍낙엽처럼 나가떨어지던 모습이 아직도 생생했다. 그 짜릿함이, 그 흥분이 쉽게 가라앉을 리가 없다.

그야말로 유쾌 상쾌 통쾌였다.

세상을 다 가진 것처럼 신나 있었다.

그런데 그런 유쾌한 기분에 장청이 찬물을 끼얹은 것이다.

당연히 심통이 난다.

“제가 잔혹도마의 다섯 초식도 받아 내지 못할 거라구

요? 흥! 그럼 나한테 보기 좋게 깨진 장 두령님은 아예 일 초지적도 되지 못하겠네요."

심통이 나서 일부러 신경을 긁은 것인데, 이어서 나온 장청의 말은 오히려 루하를 더욱 발끈하게 만들었다.

"나는 스무 초식 정도는 받아 낼 수 있다."

"뭐라구요? 그게 무슨 개풀 뜯어먹는 소리예요? 나더러는 다섯 초식도 받아 내지 못할 거라면서 나한테 진 장 두령님은 스무 초식이나 받아 낼 수 있다니? 무슨 그런 계산이 다 있냐고요. 아님 아직 저한테 진 걸 승복을 못 하시는 거예요? 그럼 다시 한 번 붙어 보든가요!"

"이건 누가 더 강하고 못하고의 문제가 아니다. 어디까지나 상성과 궁합의 문제지."

"그건 또 무슨 말이에요? 상성과 궁합이라니? 잔혹도마의 무공과 제 무공이 궁합이 맞지 않다는 거예요?"

"아마도."

"어째서요? 잔혹도마의 무공이 어떻기에요?"

"내가 잔혹도마의 무공까지 네놈에게 알려 줄까? 네놈 말대로 네놈에게 보기 좋게 깨진 난데, 날 이 모양 이 꼴로 만든 네놈이 뭐가 예쁘다고?"

하긴, 아무리 적의 적은 동지라지만 그것도 적이 나타났을 때나 그런 거지 현재로서는 잔혹도마나 루하나 장청의 입장에서는 둘 다 적일 뿐이다. 적에게 이로운 정보를 줄 이유가 하등 없는 것이다.

실컷 애를 닳게 해 놓고 입을 닫아 버리니 더 답답한 루하다.

루하가 혹시나 싶어 설란을 보았다.

"넌 뭐 좀 아는 거 있어?"

설란이 고개를 저었다.

"나도 잔혹도마의 무공에 대해선 잘 몰라. 번천도법이란 걸 쓴다는데 그게 어떤 무공인지 알려진 게 별로 없어. 무엇보다 직접 그 무공을 본 자들 중에는 살아남은 자가 거의 없으니까. 그래도 분명 지금까지 네가 상대했던 자들과는 차원이 다른 고수인 것만은 분명해. 녹림칠패에는 들지 못했어도 팔공산에서 녹림칠패와 어깨를 나란히 하고 있는 자인 만큼 그 무공은 출신입화(出身入化)의 경지에 이르러 있을 테니까."

"그러니까 너도 내가 잔혹도마의 상대가 되지 못할 거라는 거야?"

"장 두령님이 없는 소리를 할 것 같지도 않고, 강함의 고하와는 상관없이 고수들 간의 싸움에서 상성과 궁합은 분명 중요한 변수가 되기도 하니까."

설란까지 그렇게 말하니 오기가 치민다.

아무리 상대가 녹림의 거두고 차원이 다른 고수라고 해도 좋아하는 여자에겐 항상 최고이고 싶은 것이 사내의 당연한 마음이 아니던가.

'흥! 다들 지금 내 안의 조화지기가 어떤 건지 제대로 모르니까 그런 소리를 하는 거지.'

딱히 뭔가를 하려 하지 않는데도 쉴 새 없이 요동치고 있다. 그 거칠게 요동치는 기운이 비록 밖으로 표출될 때는 어쩐 일인지 얌전한 새색시처럼 튀어나온다지만, 그 얌전한 새색시조차 주완봉 최고 고수인 이여립을 한 방에 날려버릴 정도로 강했다. 더구나 그마저 여분의 힘을 충분히 남겨 둔 상태였다.

'출신입화의 경지인지 뭔지는 모르겠지만 나도 그렇게 호락호락한 놈은 아니란 말이지.'

이쯤 되고 보니 상처 입은 자존심에 아예 잔혹도마가 나타나 줬으면 하는 마음까지 생긴다.

하지만 잔혹도마가 나타날 일은 없을 거라고 했다.

이미 잔혹도마의 영역을 벗어나기도 했거니와 다른 사왕과 마찬가지로 잔혹도마에게도 제갈세가와의 약속은 큰 부담일 수밖에 없으니까.

그런데 나타났다.

"결국 본좌를 여기까지 걸음하게 만들다니, 그 대가는

결코 가볍지 않을 것이다!"

루하 일행을 막아선 채 잔인한 미소를 띠고 있는 건장한 체구의 초로의 노인.

팔공산 남천봉의 패주 잔혹도마 구귀광이다.

잔혹도마의 뒤로 잔혹도마의 수족이자 남천봉의 패자인 군림채 이백 도적들이 기암봉 입구를 가득 채운 채 루하 일행을 향해 진득한 살기를 뿌려 대고 있었다.

第五章

까짓것 한번 붙어 봅시다

잔혹도마 구귀광과 군림채 이백 도적들.

그들이 뿜어내는 위압감이란 것은 마주한 순간 죽음을 떠올리게 할 만큼 섬뜩하고 오싹한 것이었다.

천랑채 도적들은 물론이고 은형대 고수들마저도 그 순간 얼어붙지 않은 자가 없었다. 그 와중에도 이도명이 앞으로 나서 침착하게 포권을 취했다.

"소인 제갈세가의 은형대 대주 이도명이라 합니다. 팔공산의 영웅호걸이신 잔혹도마 구귀광 어르신의 위명은 익히 들었던 바, 이렇게 뵙게 되어 삼생의 영광이라 생각합니다. 하온데, 어찌하여 저희의 앞길을 막으시는 것입니까?"

"어째서 앞길을 막느냐고?"

"예. 어르신은 제갈세가와 이번 표행을 방해하지 않겠다 약조를 하시지 않으셨습니까? 한데 어찌하여 지금 이렇게 저희의 앞길을 막으시는 것입니까?"

그 약조가 이미 휴지 조각이 된 것이야 이도명도 알고 있다. 천랑채와 악인채, 와웅채 등이 누구의 지시를 받고 표물을 강탈하려 했는지도 당연히 알고 있다.

그런데도 굳이 제갈세가와의 약조를 들먹인 것은, 사왕이 눈 가리고 아웅을 했던 것처럼 그런 속보이는 짓을 해서라도 이 위기를 벗어나고 싶은 절박한 심정에서였다.

하지만 안 먹혔다.

"나는 제갈세가의 표행을 막은 것이 아니다. 단지 나를 농락하고 배신한 배신자들을 처단하려는 것뿐."

구귀광의 눈이 천랑채 도적들을 향했다.

구귀광의 눈길을 받은 천랑채 도적들의 얼굴이 사색이 된 것은 말할 것도 없다.

"하면 그건 저희와는 상관없는 일이니 길을 열어 주시겠습니까?"

이대로 천랑채는 남겨 두고 떠나겠다는 뜻이다. 물론 천랑채 도적들이야 그런 이도명이 치졸하다 느낄 테지만, 이도명 입장에서야 천랑채 도적들을 위해 지킬 의리 따위 애초에 없었다.

"그건 안 될 말이지. 여기서 우리가 길을 열어 줬다가 그 틈에 저놈들까지 같이 빠져나가면 큰일이지 않느냐?"

"그럼 일을 마치실 때까지 저희가 일단 방해되지 않는 곳으로 물러나 있겠습니다. 일을 마치시면 그때는 길을 열어 주시겠지요?"

"그것도 안 될 말. 배신자를 처단하다 보면 필경 도망자가 생겨나기 마련인데, 팔공산 천지에 방해되지 않는 곳이 어디에 있겠느냐? 어디든 걸리적거릴 것이고 나는 걸리적거리는 모든 것을 모조리 베어 넘겨서 단 하나의 배신자도 살려 두지 않을 결심이니라!"

구귀광의 그 같은 엄포에 이도명이 다시 뭐라 반박을 하려는데, 그전에 불쑥 루하가 끼어들었다.

"아, 거참 듣자듣자 하니까 말장난 한번 뻔뻔하게도 하네. 배신자니 농락이니 그런 건 애초에 뒷전이고 결국 어떻게든 표물을 갈취해 가겠다는 거잖아. 그래도 명색이 팔공산의 사왕이면 제대로 신의를 지키든가, 일구이언의 이부지자가 될 것이면 아예 녹림의 마두답게 대놓고 강도짓을 하든가, 뭐냐고 이게? 동냥아치 거지패도 아니고."

그렇게 불쑥 등장한 루하를 보며 구귀광은 두 가지에서 어이없어했다.

첫 번째는 루하의 나이가 어리다는 것이었고 두 번째는 그 어린놈이 감히 팔공산의 사왕을 앞에 두고도 겁도 없이 되바라지게 군다는 것이었다.

"이여립을 박살 낸 아이가 있다더니 바로 네놈인가 보구나."

"이여립? 나한테 박살 난 사람이 한둘이 아니라 이여립이 누군지는 모르겠고, 저기 저 사람은 확실히 나한테 개박살이 나긴 했지. 그래서 지금 저 꼬라지고."

루하가 턱짓으로 장청을 가리켰다.

루하의 턱짓에 기분이 상했는지 장청이 그 말을 받았다.

"개박살이 나긴 누가 개박살이 났다는 거야? 내가 먼저 패배를 자인하긴 했지만 죽기로 싸우고자 했다면 네놈의 한 팔 정도는 저승길 동무로 데려갔을 것이다."

"제 팔 하나요? 진짜 그렇게 생각해요? 제 팔이 그렇게 쉽게 안 잘린다는 건 장 두령님도 잘 아실 텐데요?"

그렇긴 했다. 무슨 금강석으로 된 몸도 아니고, 번번이 그의 칼을 퉁겨 내지 않았던가.

"그래. 확실히 네놈의 몸은 질겼지. 네놈이 나보다 강한 것만은 분명하다. 네놈의 말대로 죽기로 싸웠다고 해도 네놈의 팔 한 짝조차 가져가지 못했을지도 몰라. 개박살은 아니었지만 어쨌든 네놈에게 패해 이 꼬라지가 된 것만은 부정할 수 없는 사실이니까. 하지만…… 잔혹도마 저 늙은이를 상대함에 있어서는 네놈보다는 내가 나은 것 또한 분명한 사실이다. 네 그 어설픈 삼재검이나 괴상한 몸뚱이보다 내 단혼팔문도가 저 늙은이한테는 백배는 더 효율적이니까. 그러니 젊은 혈기에 괜한 만용으로 명을 재촉하지 말고 당장 이거나 풀어라. 그게 너와 네 일행들, 나와 내 수하들이 모두 살길이니까. 물론 그래 봐야 그것도 실낱같은 희망에 불과하지만 말이야."

"또 그 소리군. 이보세요, 장 두령님. 궁합인지 상성인지 그게 뭔지는 잘 모르겠지만 내 귀에는 싸움에 진 개가 짖어대는 걸로밖에는 안 들리거든요? 설득력이 없잖아요, 설득력이. 나라고 뭐 좋아서 이러고 있는 줄 아세요? 나란 놈, 목숨 걸고 영웅 놀이 할 만큼 무모한 놈 아니거든요? 그치만 이 상황에서 나 말고는 다른 대안이 없는 걸 어쩌겠냔 말이죠."

솔직한 심정이다.

실제로 자신이 아니면 이 난관을 헤쳐 나갈 방법이 없다.

장청과 설란으로부터 잔혹도마의 상대가 되지 못한다고 들었을 때는 괜히 오기가 치밀어서 차라리 잔혹도마가 나타나 줬으면 하고 내심 바라기도 했지만 그거야 어디까지나 나타나지 않을 거라는 전제하에 가졌단 치기였다.

더구나 이렇게 풍문으로만 들었던 잔혹도마를 마주하고 보니 뿜어내는 살기에 숨이 턱 막히고 모골이 다 송연해 올 지경이다.

허명이 아니다.

지금까지 상대했던 자들과는 급이 다르다.

조화지기로 인해 충만한 자신감에도 불구하고 다섯 초식을 받아 내지 못할 거라던 장청의 말이 어쩌면 사실일지도 모른다는 불안감마저 엄습해 온다.

하지만 장청의 말이 모두 사실이라고 해도 장청에게 맡길 수는 없다.

'오 초든 이십 초든 그게 무슨 차이냔 말이지. 어차피 목숨 날아가는 건 매한가진데.'

그럴 바에야 조화지기의 가능성에 걸어 보는 게 낫다.

단전에 요동치고 있는 조화지기라면 어떻게든 되겠지 싶었다. 게다가 장청과 싸우면서 느낀 거지만 이젠 금의 기운이 의지보다도 빠르게 반응하고 있었다. 심지어 눈으로 보기도 전에 금의 기운이 먼저 반응해서 장청의 칼을 막기까지 했다.

'이거라면 적어도 목이 날아가고 손발이 잘리는 일은 없을 테니까.'

상대가 아무리 강해도 최소한 죽지는 않을 거라는 확신.

이러니저러니 해도 결국 살 길은 자신이 열 수밖에 없다는 현실.

그것이 루하를 이렇게 잔혹도마 앞에 서게 만든 것이다.

그렇게 장청과의 대화를 마친 루하가 잔혹도마를 마주했다.

루하를 보는 잔혹도마 구귀광의 눈은 조금 전까지와는 사뭇 달랐다.

'이 애송이가 장청을 꺾었다고?'

이여립이 웬 애송이한테 박살 났다는 소식을 들었을 때보다도 더 놀랐다.

팔공산에서 사왕의 다음 서열로 대개 이여립을 꼽곤 하지만 구귀광의 생각은 달랐다.

팔공산에서 사왕에 가장 근접한 사내는 대력귀도 이여립이 아니라 무적도 장청이다. 사왕 외에 어느 누구도 인정하지 않았던 구귀광이지만 장청만큼은 예외일 정도로 그는 장청을 인정하고 있었다.

오 년 전 팔공산에 터를 잡은 후로 하루하루가 다르게 강해지던 장청이다. 그 놀라운 재능과 그 재능이 빚어내는 단혼팔문도는 그에게 일찌감치 그 싹을 밟아 버릴까 하는 충동과 옆에 두고 든든한 수족으로 키우고 싶다는 욕심을 동시에 가지게끔 만들 정도였다.

그런데 그런 장청이 패했다.

그것도 머리에 피도 안 마른 것 같은 이 새파란 애송이에게.

"이름이 무어냐?"

처음으로 루하에 대한 호기심이 생겨 물었다.

하지만 들려온 대답은 퉁명스러웠다.

"우리가 딱히 통성명이나 하고 그럴 사이는 아니지 않아요? 이름 알려 드린다고 살려 줄 겁니까? 그럼 까짓 이름 정도는 알려 드리고. 그게 아니면 이래 죽으나 저래 죽으나 마찬가지니까 그냥 신비스럽게 죽을랍니다."

"네 이놈! 어린놈이 감히 어느 안전이라고 주둥이를 함부로 놀리는 것이냐!"

버럭 하고 소리친 것은 군림채의 부채주 악송이었다.

"어느 안전은 개뿔. 나 죽이겠다는 개자식 안전이지! 그러는 그쪽은? 쫄따구 주제에 감히 어느 안전이라고 상전들 말씀하시는데 끼어들어?"

"뭐? 쫄따구? 상전? 이놈이 정녕 죽고 싶어 환장을 한 게로……."

악송이 다시 한 번 버럭 소리를 쳤지만 그 말은 채 끝을 맺지 못했다.

"그러니까 상전들 말씀하시는데 쫄따구는 끼어들지 말라고!"

루하가 그렇게 외치며 그야말로 돌발적으로 악송을 덮쳐 간 것이다.

'어?' 하는 사이에 이미 루하는 악송의 코앞까지 이르렀고 '이, 이놈이!' 하는 사이 루하의 목검이 악송의 정수리를 박살 낼 듯이 내려쳤다.

워낙에 갑작스러웠고 워낙에 빨랐다. 대처를 하기에는 너무나도 순식간에 벌어진 상황이었다. 그러나 악송도 군림채의 부채주 감투를 투전판 노름으로 딴 것이 아니었다.

급박한 순간에 칼을 뽑아 루하의 목검을 막았다.

까아앙—

귀를 찢는 듯한 날카로운 충돌음. 하지만 악송으로서는 루하의 조화지기를 버텨 내기엔 무리였다. 막는다고 막았지만 그 여력을 감당하지 못하고 한쪽 무릎이 푹 꺾였다.

"큭!"

아찔한 고통에 입술 사이를 비집고 신음이 흘러나오는 찰나였다.

다리가 꺾이며 상체가 기울어지는 그 순간 루하의 무릎이 어떻게 막을 틈도 없이 그대로 악송의 얼굴에 꽂혔다.

"커억!"

비명을 토하며,

쿠당탕탕!

완전히 구겨져서 나뒹군다.

그걸로 끝이 아니었다. 루하는 나뒹굴고 있는 악송을 쫓아가 그 상태 그대로 사정없이 옆구리를 걷어차 버렸다.

퍼억!

"쿠웩!"

콰아앙!

'퍽' 은 루하의 발길질 소리였고 '쿠웩' 은 악송의 비명이었으면 '콰아앙' 은 아름드리나무에 처박혀 나는 폭음이었다.

악송의 모습은 처참했다. 살아 있다면 그게 기적일 만큼 너덜너덜해져 있었다. 그저 말 한 마디 잘못 뱉은 벌이라고 하기에는 너무도 참혹한 모습이었지만, 정작 루하는 더 이상 악송에게는 눈길조차 주지 않은 채 휙 몸을 돌려 구귀광과 마주했다.

처음과는 위치가 달라져 있었다.

이제 루하의 등 뒤에는 은형대와 천랑채가 아닌, 살기등등한 군림채 이백 도적들이 서슬 퍼런 칼날을 번쩍이고 있었다.

하지만 루하는 그마저 아랑곳하지 않았다.

오히려 당당했다.

너무 당당해서 루하의 등에서 범접할 수 없는 기도마저 느껴졌다.

등을 지고 있는데도 누구 하나 달려드는 자가 없다.

부채주 악송이 그런 흉한 꼴을 당했는데도 누구 하나 분노를 터트리는 자도 없다. 그래서 마치 어쩌다 보니 그 자리에 선 것이 아니라 일부러 군림채 도적들의 앞을 막아선 듯한 느낌마저 들 지경이었다.

아니, 실제로 그랬다.

루하가 악송을 저 지경으로 만든 것은 단지 악송의 말에 화가 나서가 아니었다. 겨우 그 정도에 화를 주체 못할 만큼 곱게 자라오지 않았다. 그가 악송을 먼저 친 것은, 그리고 과할 정도로 잔인한 손속을 보인 것은 군림채 도적들의 기를 눌러 버리기 위해서였다. 그리해 그들이 함부로 이곳을 아수라장으로 만들지 못하게 하려는 의도였다.

어디까지나 잔혹도마와 자신의 일대일이어야 했다.

군림채가 날뛰게 해서는 안 된다.

떼 싸움이 되면 잔혹도마 하나를 상대하기도 버거운 그로서는 상황을 억제할 여력이 없다. 수적 열세도 수적 열세지만 무엇보다 설란을 그 흉험한 전쟁터로 끌어들이고 싶지 않았다.

'단씨세가의 검술이 아무리 대단하다고 해도 팔공산의 패주를 자처하는 도적들인데, 이것들이 떼거리로 덤벼들면 지가 무슨 수로 감당하겠냔 말이지.'

그런 자신의 애틋하고 숭고한 배려를 설란에게 자랑이라도 하고 싶지만, 그럼 어쩌면 감동의 눈물이라도 찔끔 흘려줄지도 모르지만 안타깝게도 지금은 사랑 놀음이나 하고 있을 때가 아니었다.

군림채를 막으려는 것도, 그리해 설란을 지키고자 하는 것도 먼저 눈앞의 잔혹도마를 이기지 못하면 모두가 공염불일 뿐이다.

루하가 목검을 어깨에 척 걸치며 사뭇 비장감 넘치게, 그러면서도 도발적으로 말했다.

"잔혹도마 어르신. 그럼 이제 누가 누구 손에 죽나 까짓것 한번 붙어 봅시다."

*　　*　　*

"보자 보자 하니까 네놈이 정녕 하늘 무서운 줄 모르는구나!"

그동안 루하가 하는 양을 지켜만 보던 구귀광의 인내가 바닥이 났다.

머리에 피도 안 마른 새파란 애송이가 겁 없이 구는 것도 어이가 없는데 자신이 보는 앞에서 아끼는 수하를 그 지경을 만들질 않나.

'까짓것 한번 붙어 봅시다?'

아주 되바라지게 건방까지 떨어 댄다.

성질 더럽기로는 둘째가라면 서러운 구귀광이다. 지금까지 참은 것만 해도 많이 참았다. 아니, 참은 것이 아니라 하는 짓거리가 워낙에 황당함의 연속이라 도무지 현실감이 없어서 그저 멀뚱히 지켜본 것뿐이다.

하지만 이젠 그마저도 끝났다.

빠직!

멍했던 정신이 돌아오자 용암처럼 들끓는 분노가 그 정신을 태운다.

그리해 구귀광의 진면목이 드러났다.

구오오오오오—

뿜어나는 기운이 대지를 달구고 주변 공기가 폭발할 듯이 팽창한다. 들어 올린 쌍수대도에는 무형인데도 유형처럼 느껴지는 선명한 살기가 내려앉고 푸르스름하게 변한 도기는 뼈를 에는 차가운 한기를 토해 낸다.

그야말로 압도적인 기도였다.

'나…… 괜히 나선 건가?'

자신의 상대가 아니라던 장청의 말이 그제야 피부로 와 닿는다.

'조화지기면 어떻게든 되겠지는 개뿔!'

안일하다 못해 세상물정 모르는 객기였다.

도적들 몇 명 때려잡고 보니 너무 우쭐해진 것이었다.

사왕이란 이름이 이제야 제대로 보였다.

왜 그들이 이 무법의 땅에서 군림해 올 수 있었는지 완전히 납득했다.

급이 다른 강함.

루하는 숨통을 조여 오는 듯한 압박감에 이를 악물었다.

그래도 하나 희망적인 것 역시 조화지기였다.

마치 구귀광의 압도적인 기도에 반응이라도 하듯 단전의 조화지기들이 지금까지보다 훨씬 더 강하게, 역동적으로 꿈틀거린다.

조화지기 스스로 위험을 느낀 것인지, 아니면 본능적인 방어기제인지는 모르지만 아무튼 분명 뭔가 달라지려 하고 있었다.

'어쩌면…….'

드디어 튀어나오려는 걸지도 모른다.

역동적으로 요동치면서도 정작 몸 밖으로 발산되어 나올 때는 얌전한 새색시 같던 지기가 드디어 바람 난 남편 현장

목격한 마나님처럼 변하려는 걸지도 모른다.

'그렇게만 되면…….'

이길 수 있다!

잘은 모르지만, 딱히 이렇다 할 근거도 없지만 그렇게만 되면 눈앞의 이 거인도 박살 낼 수 있을 것 같았다.

그 믿음 하나가 잠시 위축되었던 마음을 지운다.

무엇보다 약한 모습을 보이면 기껏 죽여 놓았던 군림채의 기만 다시 살려 줄 뿐이다.

'그래. 어차피 죽기 아니면 까무러치긴데 까짓것 한번 죽기로 싸워 보지, 뭐!'

루하는 그 즉시 땅을 박찼다.

그리고 구귀광이 뿜어내는 압도적인 기의 장벽 속으로 거침없이 몸을 들이밀었다.

콰콰콰콰콰콰!

단지 구귀광이 만들어 내고 있는 기의 장벽 속으로 몸을 들이민 것뿐인데도 온몸에서 기의 폭죽이 터진다.

"큭!"

그것은 어마어마한 압력에 살가죽이 다 찢겨 나가는 듯한 고통이었다. 하지만 루하는 물러서지 않았다. 이를 악물어 정신을 아찔하게 하는 고통을 씹어 삼키고는 그대로 구귀광의 머리를 내려쳤다.

그러나,

까앙!

루하의 목검은 구귀광의 쌍수대도에 너무도 간단히 막혀 버렸다.

어차피 일 검에 끝날 거라고는 생각도 안 했다.

"그래! 까짓것 한번 죽어 보자고!"

이때부터가 시작이었다.

"독혈반미!"

"흑호좌동!"

"청룡출수!"

쉴 틈도 없이 루하의 맹공이 퍼부어졌다.

조금이라도 틈을 주면 더 이상 기회가 없을 것 같은 절박함에 필사적으로 공격을 전개했다.

하지만 통하지 않는다.

있는 힘을 다하고 있는데도 그런 루하의 공격을 어렵지 않게 흘려버린다. 더욱 답답한 노릇은 구귀광도 구귀광이지만, 단전에서는 그렇게 맹위를 떨쳐 대는 조화지기가 여전히 나올 때는 얌전한 새색시라는 것이다.

이건 느낌상으로는 가진 힘의 반의반도 다 쏟아내지 못하고 있는 느낌이었다. 그 얌전한 새색시로도 이여립에게는 통했지만 구귀광에게는 아예 씨알도 안 먹혔다.

더욱 난감한 노릇은 누가 노회한 무림의 고수가 아니랄까 봐, 찰나간 호흡의 빈틈을 노치지 않고 구귀광이 반격을 개시했다는 것이다.

쌍수대도가 육중한 무게감을 뽐내며 루하의 옆구리를 노려 왔다.

딱 보기에도 도저히 맞받을 수 있는 힘이 아니었다. 그렇다고 피할 수 있는 거리도 아니었다. 루하가 할 수 있는 거라고는 목검을 비스듬히 해 구귀광의 쌍수대도를 흘리는 방법뿐이었다.

까가가가가가가강!

구귀광의 쌍수대도가 루하의 목검과 맞물리며 긁어 내려갔다.

한데,

'뭐, 뭐야?'

쌍수대도가 긁어 내려가자 그 길 따라 목검의 날이 보기 흉하게 빠지며 사방으로 튀어 날아가는 것이 아닌가?

금의 기운을 담은 목검이었다. 아예 재질이 바뀌어 버린 철검에는 비할 수 없다지만 그 자체로 강도가 여느 명검보도에도 뒤지지 않았다. 실제로 설란의 현철검에도 티끌만한 흔적 하나 남지 않았었다.

그런데 이 보기 흉한 모습은 대체 뭐란 말인가?

그건 그저 공격이 통하지 않는다거나 힘의 차이에 압도당하거나 하는 것과는 와 닿는 무게감이 달랐다.

목검이 이 지경이 되었다는 것은 그가 최후의 보루로 생각하고 있는 금의 기운이 완벽한 도검불침은 아니라는 뜻이다. 그리고 금의 기운이 완벽한 도검불침이 아니라는 것은 그의 몸뚱이도 또한 언제든 구귀광의 쌍수대도에 잘려나갈 수 있다는 뜻이었다.

가슴이 서늘했다.

덜컥 겁도 났다.

잔혹도마라는 그 큰 이름 앞에서도 당당할 수 있던 이유이자 최후의 보루가 사라진 것이다.

"크!"

들어차는 공포로 대번에 손발이 어지러워졌다.

그런 그를 향해 구귀광의 쌍수대도가 다시 한 번 덮쳐왔다.

부랴부랴 목검을 들어 막았다.

까아아아앙!

시끄러운 금속음이 울리고, 쌍수대도와 충돌한 목검의 날이 아까보다도 훨씬 더 깊이 파였다.

그때 보았다.

목검이 쌍수대도와 닿는 순간 목검에 담긴 금의 기운이

파문을 일으키며 흩어지는 것을. 그 흩어진 부위로 쌍수대도의 날이 파고드는 것을.

구귀광의 번천도법이 어떤 건지 그제야 알았다.

그저 압도적인 내공으로 금의 기운을 부순 것이 아니었다.

정확히는 모르겠지만 번천도법이란 것이 닿는 곳의 내기를 흩트리는 원리인 것이 분명했다.

그렇게 생각하고 보니 장청의 말이 모두 이해가 된다.

단전의 지기를 끌어올려 힘으로 부딪치고 몸으로 때우는 자신의 무공과 구귀광의 번천도법은 상극일 수밖에 없다. 반대로 상대의 공격을 흘려서 그 힘을 이용하는 장청의 단혼팔문도는 번천도법을 상대하기에 그야말로 최적화된 무공이었다.

그 사이에도 한 번 발동이 걸린 구귀광의 쌍수대도가 대기를 부수며 덮쳐 오고 있었다. 더구나 이번은 아까보다도 더 강하고 더 거침없다.

'이대로는 안 된다!'

장청은 다섯 초식이 한계라고 했지만 다섯 초식은커녕 다음 공격조차 받아 낼 자신이 없었다. 무엇보다 그의 목검이 구귀광의 쌍수대도를 더 이상 받아 낼 여력이 없었다. 이대로라면 결국 맨몸뚱이로 구귀광의 번천도법을 상대해야 했다.

루하는 이를 악물었다.

어찌나 세게 깨물었는지 비릿한 혈향이 입안을 가득 채웠지만 신경 쓰지 않고 부릅뜬 눈으로 덮쳐오고 있는 쌍수대도를 좇았다. 그리해 쌍수대도가 바로 코앞까지 이르렀을 때,

"흡!"

목검을 쌍수대도에 붙였다. 붙였다 싶은 순간,

"함!"

흘리듯 쌍수대도를 끌어당겼다.

"팽!"

그 여력에 자신의 내기를 담고 찰나의 순간 회전력을 더해 목검을 뿌렸다.

"출!"

덮쳐 오던 그 이상으로 뿌려지는 검기에 구귀광이 '헛!' 헛바람을 삼키며 급히 뒤로 물러났다.

콰콰콰콰콰콰콰콰콰콰!

엄청난 폭음에 이어 구귀광이 피한 그 자리에 흙먼지가 일고, 잠시 후 흙먼지가 가라앉자 흉물스럽게 변한 땅이 드러났다.

그 광경을 놀란 눈으로 바라보던 구귀광이 사나운 눈빛을 빛내며 물었다.

"네놈이 어찌 단혼팔문도를 아는 것이냐!"

그랬다.

절체절명의 순간 루하가 택한 것은 다름 아닌 단혼팔문도였다.

하지만 흉내 내기에 불과했다.

만일 그 순간 그의 성취가 장청의 절반만 되었더라도 그 의외의 일격을 구귀광도 간단히 떨쳐 내지는 못했을 것이다. 하지만 구귀광을 상대로 하기에는 루하의 단혼팔문도는 아직 너무 어설프고 얕았다.

그래서 구귀광의 그 엄청난 기운을 완전히 다 흘려 내지 못했다. 뿌리는 힘도 부족해서 속도도 제대로 낼 수 없었다.

그 바람에 오히려 타격을 입은 것은 루하였다.

꽉 다문 입술을 비집고 주르륵 검은 피가 새어 나왔다.

무려 삼 갑자의 내공이 실린 공격이었다. 팔 할의 힘을 흘렸다고 해도 남은 이 할의 힘이 고스란히 남아 있었고, 더구나 그 기운은 번천도법의 오의까지 품고 있었다. 그야말로 맨몸으로 구귀광의 이 할의 공력을 받아 낸 격이라 지금 루하는 오장육부가 다 뒤틀리는 듯한 고통을 겨우겨우 참고 있는 중이었다.

내상도 내상이지만 절망감이 더 컸다.

암담했다.

단전에서는 여전히 조화지기가 요동치고 있었지만 여전히 본연의 모습을 보여 줄 생각을 하지 않는다. 비장의 한 수를 단혼팔문도에 걸었건만 그마저도 무위로 돌아갔다.

그로서는 거의 할 수 있는 모든 방법을 다 쓴 것이었다.

이제 방법이 없다.

이 순간 루하가 할 수 있는 생각은 단 하나뿐이었다.

도망.

설란을 데리고 둘이서라도 이 자리를 벗어나는 것.

물론 그런다고 과연 구귀광의 손을 벗어날 수 있을지 확신할 수 없는 일이지만 그것만이 유일한 살길임에는 분명했다.

하지만 그럴 수 없다.

예전 같으면 망설임 없이 했을 행동인데 지금은 도무지 그런 마음이 먹어지지가 않는다.

아무 책임도 의무도 없던 쟁자수 때와는 입장이 다르다.

모두의 기대가 자신을 향하고 있다.

모두의 목숨이 자신의 어깨에 걸려 있다.

심지어 천랑채 도적들조차 간절함으로 루하를 보고 있었다.

그들의 기대를, 목숨을 외면할 수가 없다.

그것은 지금껏 경험해 보지 못한 책임감이었다.

어린 나이에 혼자가 되어 장돌뱅이처럼 살아오면서 누군가에게 의지해 본 적은 없다. 누군가에게 의지가 되어 본 적도 없다. 그런 루하에게 이런 책임감이란 건 정말이지 낯설고 어색했다. 하지만 이상하게 그 무게감이 그렇게 싫은 느낌이 아니었다.

'강함에는 책임이 따른다더니…….'

또한 책임감은 어린아이를 남자로 성장시키는 원동력이라고도 했다.

'그래. 나도 이제 어엿한 사내가 된 거지. 그리고 지켜야 할 것을 위해 목숨을 걸어야 할 때는 아낌없이 목숨을 거는 것이 사내고!'

그래. 까짓것 죽어 보자.

호랑이는 죽어 가죽을 남기고 사람은 죽어 이름을 남긴다지 않던가.

지금이 바로 후세 만대에 길이길이 이름을 남겨야 하는 순간이라면 사나이 한 목숨 초개와 같이 버려 주겠노라.

잠시 약해졌던 마음을 다 잡고 너덜너덜해진 목검을 들어 올렸다.

다시 그렇게 비장하게 잔혹도마 구귀광과 마주했다.

가슴은 뜨겁고 마음은 결연하다.

자신의 사내다운 기개가 스스로 생각해도 꽤 멋져서 상황에 어울리지 않게 약간 우쭐한 마음도 들었다.

그런데,

'나 아직 장가도 안 가 봤는데…….'

왜 이 비장한 순간에 그런 없어 보이는 생각이 불쑥 드는 것일까?

'죽어 이름을 남기는 것도 좋지만 그래도 사내라면 장가는 한 번 가 보고 죽어야 하는 거 아냐?'

그 없어 보이는 생각은 점점 더 커져서 억울함과 아쉬움을 더한다.

그래. 결심했다.

만일 이 사지에서 살아남는다면 무조건 장가부터 가겠노라고.

새침데기 설란이 싫다고 하겠지만 동생 목숨을 담보로 협박을 해서라도 반드시 혼례를 치르고야 말겠노라고.

살고 싶다는 욕구가 커진다.

반대로 그만큼 구귀광의 존재감은 더 뚜렷해지고, 막막한 현실은 더 선명해진다.

'대체 이 괴물을 어떻게 하냔 말이지.'

루하의 단혼팔문도에 잠시 당황하는 듯하던 구귀광이지만 그것도 잠깐, 아까보다도 더 진득한 살기를 뿌려 대고 있었다.

그러면서도 여전히 궁금증은 지우지 못하겠는지 다시 물어왔다.

"네놈이 어찌 단혼팔문도를 아는 것인지 묻지 않느냐!"

하지만 그 대답은 루하에게서 나오지 않았다.

"내 단혼팔문도를 훔친 거거든."

둘 사이를 불쑥 끼어든 그림자 하나.

목소리를 쫓아 고개를 돌리니 무적도 장청이 걸어오고 있었다.

협도를 어깨에 걸친 채.

몸을 풀 듯 목을 좌우로 까딱까딱거리며.

터벅터벅 어딘지 나른하고 무료한 걸음새로.

第六章

잔말 말고 나랑 결혼해!

"저 애…… 어울리지 않는 짓을 하네요."

단혼팔문도가 실패로 돌아가고, 이제 어떤 방법도 남지 않게 되었는데도 다시 목검을 들어 올려 구귀광을 마주하는 루하를 보며 설란이 그렇게 말했다.

"지금까지의 저 애라면 이길 수 없다 판단한 순간 도망칠 궁리부터 했을 거예요. 세상에 믿을 거라고는 자기밖에 없는 환경에서 자기밖에 모르고 살아온 애니까. 그런데 지금 자기밖에 모르던 애가 자기 외의 것을 짊어지려 하네요. 진짜 안 어울리는데."

장청에게 하는 말인 것 같기도 하고 그저 혼잣말인 것도 같다.

장청은 시종일관 루하를 보고 있었다.

설란의 말이 이어지는 동안에도 그는 루하에게서 시선을 떼지 않았다.

굳이 설란의 말이 아니어도 지금 루하가 어떤 마음으로 구귀광을 마주하고 있는지 알고 있다. 그가 짊어지려 하는 것이 단지 은형대 무사들의 목숨만이 아니라는 것도 느낄 수 있다.

아무런 의무도 책임도 없는 자신의 수하들까지도 그 어깨에 올려놓고 있다.

그것이 괘씸하기도 하고 울컥 가슴을 뜨겁게 만들기도 한다.

그렇게 복잡한 눈으로 루하를 보고 있는데, 설란이 장청의 손발을 묶고 있는 천잠사를 풀었다.

"……나더러 저 녀석을 도우라는 뜻이냐?"

"스무 초식은 버틸 수 있다고 했죠?"

"그래 봤자 스무 초식이다. 결국 결과는 달라질 것이 없다. 한 번도 손발을 맞춰 보지 않은 상태에서 합공은 더더욱 무의미하고."

"알아요."

"하면 내게 무얼 바라는 것이냐?"

"아주 어려운 일이요. 장 두령님껜 죽기보다 어렵고 고통스러운 일일지도 몰라요. 하지만 그것만이 모두가 살 수 있는 유일한 길이에요."

설란의 말에 장청이 날카로운 눈빛으로 설란을 본다.

잠깐의 정적이 이어지고,

"어설프군."

장청이 그렇게 정적을 깼다.

장청이 몸을 일으키며 말을 이었다.

"변장을 하려거든 제대로 할 것이지, 얼굴은 사낸데 목소리는 계집이라니. 비싼 인피면구가 너무 아깝잖느냐. 다음부터 내 앞에선 그런 어설픈 변장은 그만두거라."

"다음이 있을까요?"

"네 말대로 된다면 다음이 있겠지."

그 말인즉슨 설란의 말대로 하겠다는 것이다.

그에겐 죽기보다 어렵고 고통스러운 일임에도 불구하고.

장청이 협도를 어깨에 턱 걸치고 걸음을 내디뎠다.

그렇게 전장으로 걸어가는 장청을 잠시 흔들리던 눈으로 바라보고 있던 설란이 이윽고 고마움을 담아 포권을 취해 보였다.

* * *

"내 단혼팔문도를 훔친 거거든."

불쑥 끼어들어 그렇게 대답한 장청을 보며 구귀광이 눈살을 찌푸렸다.

"네놈의 단혼팔문도를 훔쳤다?"

"예."

"그게 말이 되느냐? 단혼팔문도가 어디 훔치려 한다고 훔칠 수 있는 무공이더냐?"

"그러게 말입니다. 훔치려 한다고 훔칠 수 있는 것이 아닌데도 저놈은 훔쳐 버리더란 말이죠. 그러니 내가 얼마나 어처구니가 없었겠습니까?"

어깨를 으쓱이는 장청의 얼굴은 농담인지 진담인지 구분이 안 될 정도로 짓궂은 표정을 하고 있었다.

그 바람에 더욱 혼란스러워진 구귀광이 사나운 눈빛으로 루하와 장청을 번갈아본다.

혼란스럽기는 루하도 마찬가지였다.

"대체 어떻게 된 거예요? 저 녀석이 풀어 준 거예요? 왜요?"

"당연히 네놈을 도우라는 거지."

"별로 도움은 안 될 거 같은데요? 저보다야 상성이 맞는다고 해도 그래 봤자 이십 초라면서요?"

"그래. 이십 초지. 운이 좋으면 좀 더 길어질 수도 있고 아니면 좀 더 짧아질 수도 있고. 그러니까 두 눈 부릅뜨고 잘 봐."

그러고는 성큼 걸음을 내디뎌 구귀광과 마주한다.

루하가 의아히 물었다.

"두 눈 부릅뜨고 잘 보라뇨?"

"두 눈 부릅뜨고 내 단혼팔문도를 제대로 훔쳐 보라는 말이다."

"그게 무슨…… 저한테 단혼팔문도를 가르쳐 주시겠다는 거예요? 사승의 연이라도 맺자는 말씀이세요?"

"징그러운 소리 말거라! 사승의 연은 무슨! 네놈과 사승의 연을 맺을 바에야 차라리 혀를 깨물고 죽고 말 것이다!"

"그건 저도 마찬가지거든요? 그치만 가르쳐 주시겠다면서요?"

"내가 언제 가르쳐 주겠다 했느냐? 훔쳐 보라 했지. 몇 번만 더 보면 확실하게 손에 잡힐 것 같다 했지 않느냐? 그래서 보여 주겠다는 거다."

"언제는 그게 어떤 거라도 두 번 다시는 자기 거 뺏기지 않겠다고 맹세했다면서요? 가진 건 몸뚱아리와 단혼팔문도가 전부라 그걸 뺏길 바에야 차라리 죽는 게 낫다면서요? 근데 왜 갑자기 맘이 바뀐 거예요?"

"낸들 어찌하겠느냐? 네놈의 계집이 모두가 살 길이 이

것뿐이라는데. 죽기보다 어렵고 고통스럽더라도 모두가 살 길이니 나더러 이리하라는데. 내 것을 빼앗기는 것이 죽기보다 싫지만 내 수하들의 목숨을 남의 손에 떠맡겨 두는 건 그보다 더 싫은 것을 어찌하겠느냐."

천랑채 식구들을 위해서라면 목숨보다 귀한 단혼팔문도라도, 그것을 넘기는 것이 죽기보다 싫고 고통스러운 일일지라도 넘겨주겠다.

"그러니 어디 한 번 제대로 훔쳐 보거라!"

등을 지고 선 장청의 어깨가 크다.

왠지 그 등을 보고 있자니 가슴이 먹먹하기도 하고 벅차기도 하다.

이러니저러니 해도 루하의 재능에, 그 믿음에 자신이 가진 모든 것을 아낌없이 걸겠다는 것이다.

"알겠어요. 진짜 아주 제대로 훔쳐 버릴 테니까 나중에 돌려 달라 딴 말이나 하지 마세요!"

루하의 말에 장청이 슬쩍 고개를 돌려 루하를 본다.

아주 잠깐 장청의 입가로 스쳐 가는 한 자락 미소가 착각이었나 싶게 사라졌다. 그리고 그 순간 장청이 구귀광을 향해 몸을 날렸다.

구귀광과 장청의 싸움은 마치 루하와의 수준 차이를 보

여 주듯 치열하고 격렬했다. 숨 쉴 틈 없이 이어지는 공방의 연속에 눈이 다 어지러울 지경이었다.

당장 보기에는 그야말로 박빙이다.

승패를 장담하기 힘들 정도로 일진일퇴를 거듭한다.

하지만 그래 봤자 이십 초식이다.

지금 장청이 얼마나 필사적으로 버티는 것인지 너무도 잘 알고 있다.

어쩌면 눈을 깜빡이는 순간 장청의 목이 바닥을 구르고 있을지도 모른다.

그래서 집중했다.

장청의 동작을 하나도 놓치지 않기 위해, 그가 필사적으로 보여 주고자 하는 단혼팔문도를 눈에 담기 위해 오직 장청에게만 집중하고 있었다.

그런데, 변수가 생겼다.

루하가 구귀광에게 밀려 싸움터에서 벗어나자 그동안 루하의 기에 눌려 있던 군림채가 물을 만난 듯 그 포악한 본성을 드러내기 시작한 것이다.

"쳐라! 우선 저놈부터 죽여!"

"와아아아아! 부채주님의 원수를 갚자!"

이백여 명의 군림채 도적들이 루하에게로 달려들고 있었다.

장청에게서 한순간도 눈을 뗄 수 없는 중요한 순간이었다. 그렇다고 살기를 뿌리며 덮쳐드는 도검을 무시할 수도 없는 노릇, 루하가 그 난감한 상황에서 어찌할 바를 모르고 있을 때였다.

"루하를 지키세요! 저자들이 절대로 루하를 방해하게 해선 안 돼요!"

설란의 다급한 외침에 은형대 무사들이 그 즉시 반응했다. 은형대 무사들만이 아니었다. 천랑채 도적들까지 우르르 몰려들어 루하의 주위를 에워싼다.

자세히는 모르지만 어렴풋이나마 그들도 아는 것이다.

그들에게 있어 유일한 희망이 루하라는 것을.

자신들의 두령이 루하에게 마지막 희망을 걸었다는 것을.

그리해 루하를 중심으로 벌어진 전투는 구귀광과 장청의 싸움만큼이나 격렬했다.

그 같은 상황에 루하는 생전 처음으로 느껴 보는 기이한 감정을 느꼈다.

자신이 짊어지기로 각오한 목숨들이 아닌가.

그런데 그들이 오히려 목숨을 걸고 자신을 지키려 하고 있다.

설렘인지 흥분인지 모르게 가슴이 쿵쾅거리고 울컥 목구멍이 멘다. 심장이 뜨거워서 가만히 있을 수가 없다. 마음 같아서는 그들과 어울려 같이 한바탕 칼춤이라도 추고 싶었다. 하지만 지금 그가 그들을 위해 해야 할 일은 그것이 아니었다.

그저 보는 것이다.

장청의 동작 하나하나를 더욱 필사적으로 눈에 담는 것이다.

'조금만 더…….'

군림채의 폭풍 같은 공격에 아까운 사람들의 피가 뿌려진다.

'조금만 더…….'

하나둘 적의 공격에 쓰러져 가는 얼굴들이 가슴 저리도록 아프다.

그럼에도 누구 하나 굴하지 않고 더욱 결연한 의지로 루하를 지킨다.

'조금만 더 버텨 보라고!'

하지만 정작 문제는 그들이 아니라 장청이었다.

장청이 무너지고 있었다.

한계였다.

장담했던 이십 초도 이미 훌쩍 지났다.

그의 단혼팔문도는 구귀광의 눈에 차츰 익어 가고 있는데 반대로 구귀광의 번천도는 점점 더 그물망을 좁혀 오고 있다.

애당초 팔 성의 단혼팔문도로는 이 노마를 이길 수 없다.

단혼팔문도의 묘용을 최대한 발휘해서 악으로 깡으로 버텼지만 더 이상은 무리였다.

그리해 나오지 말아야 할 소리가 나왔다.

까아앙—!

귀를 찢는 금속음은 단혼팔문도의 요체인 흘림과 머금음이 제대로 이루어지지 않았다는 뜻이다. 그리고 이는 루하가 그랬듯이 구귀광의 공력과 번천도의 여력을 장청이 고스란히 몸으로 감당해야 한다는 뜻이었다.

"크윽!"

그 여력을 이기지 못하고 퉁기듯 뒤로 미끄러지는 장청이다. 얼굴은 순식간에 창백해지고 '쿨럭' 검은 핏물을 토한다.

그렇게 철벽처럼 단단했던 방어벽이 부서지자 구귀광은 그 기회를 놓치지 않고 거침없이 장청을 몰아치기 시작했다.

까가가가가가강—

단혼팔문도조차 펼칠 수 없다.

구귀광의 번천도를 그저 막고 또 막는 것뿐, 그럴 때마다 장청의 입에선 쿨럭쿨럭 연신 검은 피가 뿌려진다. 그리고 결국,

털썩!

협도를 땅에 박으며 무릎을 꿇고 만다.

그렇게 무너진 장청을 보며 비릿한 살소를 머금은 구귀광이 그대로 칼을 들어 올렸다. 그리고 언제나 그러했듯 그에게 도전한 대가를 단호한 죽음으로 받아 냈다.

아니, 그의 칼이 장청의 목을 내리치려던 바로 그 순간이었다.

구오오오오오—

가슴을 서늘하게 하는 기의 폭풍이 구귀광을 향해 덮쳐들었다.

"헛!"

그 난폭함과 맹렬함에 천하의 구귀광도 감히 맞받을 엄두를 내지 못하고 급히 몸을 피했다. 그 직후, 구귀광이 서 있던 자리에 그 난폭한 기의 폭풍이 내다꽂혔다.

콰콰콰콰콰콰콰콰쾅—!

그야말로 대지를 찢어발긴다.

흙먼지가 시야를 가득 채우고 조각난 대지의 파편들이 사방으로 흩날린다.

무섭도록 놀라운 광경에 장내의 모든 이들이 싸움을 멈추고 경악한 눈으로 그 난폭한 기의 주인을 찾았다.

그들의 시선이 향하는 곳에는 루하가 있었다.

산산이 부서져 자루만 남은 목검을 멀뚱히 보고 있는 루하가 바로 기의 폭풍을 만들어 낸 그 주인인 것이다.

사실 놀라기는 루하도 마찬가지였다.

장청의 목숨이 날아갈 절체절명의 순간이라 다급한 마음에 일단 검기를 뿌리고 본 것인데, 지금껏 얌전한 새색시 같기만 하던 것이 늑대가 되고 호랑이가 되어 뜬금없이 튀어나왔다.

검을 쥔 손은 얼얼하고 정신은 얼떨떨했다.

하지만 그뿐이다.

워낙에 급한 중에 자기도 모르게 내뻗은 것이라 어떻게 튀어나왔는지 기억에 없다. 감각도 잘 모르겠다. 게다가 그것을 되새겨 볼 시간도 없다.

당장 장청의 목숨도 위급했고 은형대와 천랑채 또한 이미 많은 피를 흘렸다. 지금은 이 전쟁을 한시라도 빨리 끝내는 게 우선이었다.

루하는 자루만 남은 목검을 버리고 주위에 아무렇게나 굴러다니는 검을 주워들었다. 거기에 금의 기운을 주입하자 검신이 깊고 깊은 묵빛으로 바뀌었다.

일시적으로 금의 기운을 담는 목검과는 달리 금의 기운이 철과 만나면 재질 자체가 바뀐다. 설란은 세상에서 가장 완벽한 물질일 거라고 했다.

금강석보다도 단단하고 만년한철보다도 뛰어난.

'이거라면 번천도법에도 끄떡없겠지.'

그렇게 세상에서 가장 단단한 묵빛의 검을 손에 든 루하가 성큼성큼 걸음을 내디뎌 장청에게 다가갔다. 장청이 이미 죽은 자의 그것 같은 창백한 얼굴을 하고는 물었다.

"다…… 훔쳤느냐?"

"뭐, 대강요."

"대강으로 이길 수 있는 상대가 아니다."

"어쩌겠어요? 이대로 장 두령님이 죽게 내버려 둘 수는 없잖아요? 어차피 장 두령님이 죽고 나면 더 훔치려고 해도 훔칠 수도 없는 노릇이구요."

"하나……."

"그래도 꽤 영양가는 있어요. 적어도 단혼팔문도라는 이름에 왜 '사(四)' 가 아니라 '팔(八)' 이라는 숫자가 붙었는지 정도는 알게 됐으니까. 사실은 단혼팔문도가 아니라 단혼십육문도라는 이름이 더 어울린다는 것도."

루하의 말에 장청의 눈동자가 급격하게 흔들린다.

그러거나 말거나 조금 전 장청이 그랬던 것처럼 이번엔 루하가 장청을 등지고 섰다. 그리고 또한 장청이 그랬던 것처럼 구귀광을 향해 주저 없이 몸을 날렸다.

처음은 탐색이다.

루하가 뿌린 기의 폭풍 탓에 이번만큼은 구귀광도 가볍게 생각하지 못하고 신중을 기한다. 하지만 그것도 잠시,

'달라진 것이 없다!'

방금 전 기의 폭풍이 착각이었나 싶을 정도로 루하의 검은 단순했고 얕았다. 루하가 뿌리는 검기 또한 그를 두렵게 할 만한 수준의 것이 아니었다.

아까와 달라진 거라고는 그저 저 묵빛 철검뿐.

거리끼는 마음이 사라졌다.

그 순간 구귀광의 번천도는 다시 본연의 모습으로 돌아가 강하고 거침없이 루하를 덮쳤다.

그때부터가 단혼팔문도의 시작이었다.

"흡(吸)! 함(含)!"

구귀광의 번천도를 비스듬히 흘리며 그 힘을 자신의 검에 담았다.

"팽(膨)!"

검에 담긴 구귀광의 힘을 자신의 기운과 섞어 부풀리고, 그렇게 팽창시킨 기운을 뻗어낸다.

"출(出)!"

그것이 단혼팔문도 총 사 식의 전부였고, 이것을 완벽히 해 낸다면 오 성의 성취를 이루었다 할 수 있었다.

그리고 루하는 총 사 식의 단혼팔문도를 지금 완벽히 구현해 내고 있었다.

하지만 그게 전부가 아니다.

'출은 허식이다!'

검을 뿌렸지만 그것은 허식이었다. 검에 담은 구귀광의 힘은 그대로 둔 채로 다시,

"흡! 함! 팽!"

처음의 수식을 반복한다.

그 광경을 보고 있던 장청이 눈을 부릅떴다.

'정녕 그 사이에 내가 이룬 성취를 모두 흡수했단 말이냐?'

단혼팔문도는 전 사 식과 후 사 식으로 나눈다.

하지만 그 둘은 그저 반복일 뿐이다.

상대의 힘을 한 번 머금어 두 배의 속도를 얻고 두 번 머금어 네 배의 속도를 얻는다. 그것이 장청이 이룬 단혼팔문도 팔 성의 성취였다.

그런데 루하의 성취는 그것이 전부가 아니었다.

"출!"

뻗어내는 검이 이번에도 허식이다.

다시 이어지는 단혼팔문도 사 식.

구귀광의 힘을 세 번이나 머금었다.

단혼팔문도 십 성의 성취고 그 속도는 이제 여섯 배다.

아니다.

“출!”

루하가 뿌리는 단혼팔문도 마지막 식 ‘출(出)’은 이번에도 허식이었다.

“이런 미친!”

네 번이라니?

단혼팔문도 십이 성의 성취라니?

있을 수 없다.

아니, 무모하기 이를 데 없다.

십이 성의 성취는 단지 오의의 깨달음만으로 이룰 수 있는 것이 아니었다.

구귀광의 힘을 네 번이나 거듭 담으려면 그것을 담을 수 있는 그릇이 필요했다.

그도 그럴 것이 수치상으로 따지면 최대 십이 갑자에 이르는 공력이다. 아무리 잠깐 동안만 머무르는 것이라고 해도 그 잠깐 동안이나마 견딜 수 있는 몸이어야 했다.

최소한 삼 갑자다. 내공을 쌓고 또 쌓아서 최소한 삼 갑자의 내공을 자유롭게 담아낸 몸이 아니라면, 더하고 쌓여서 거대해질 대로 거대해진 구귀광의 공력이 순식간에 전신의 모든 혈관을 태워 루하를 한 줌 재로 만들어 버릴 것이다.

당연히 저 어린아이의 몸이 그 공력을 감당할 수 있을 리가 없다.

삼 갑자는커녕 삼십 년의 내공이라도 될지 의문이다.

장청이 다급히 외쳤다.

"안 된다! 그만두거라! 욕심이 너무 지나치단 말이다!"

그러나 이미 때는 늦었다.

"흡!"

"함!"

"팽!"

끝내 네 번을 담았다.

한데, 멀쩡하다.

당연했다.

두 번의 환골탈태를 겪고 세상에서 가장 조화로운 존재가 된 루하는 삼 갑자 아니라 삼십 갑자라도 거뜬히 담을 수 있는 몸인 것이다.

그리해 네 번을 담은 그 엄청난 기운을 구귀광을 향해 남김없이 뿌렸다.

"출!"

그 순간 시간이 멈췄다.

아무것도 들리지 않았고 아무것도 보이지 않았다.

단혼팔문도 십이 성의 힘, 여덟 배의 속도.

그것은 세상마저 정적에 젖게 만들 정도의 빠름이었다.

그리고 뒤이어 한줄기 빛의 잔상만이 남겨졌을 때, 구귀광은 루하의 검이 자신의 목을 꿰뚫었다는 것도 모른 채 멀뚱히 서 있었다.

이 순간 구귀광의 뇌리에는 의아함뿐이었다.

'대체 무슨 일이 벌어진 거지?'

뭔가 엄청난 거라도 보여 줄 것 같던 저 애송이는 왜 공격을 하다 말고 어정쩡하게 서 있는 것이며 왜 자신의 몸은 의지와는 다르게 꼼짝도 하지 않는 것일까?

하지만 그 의아함이 채 풀리기도 전에 빛 한 점 없는 밤에 한 자루 촛불이 꺼지듯 그렇게 의식도 예고 없이 꺼졌다.

스르르르—

구귀광의 신형이 무너져 내렸다.

그걸로 끝이었다.

세상을 호령하던 일세의 거인이 그렇게 자신의 죽음조차 인지하지 못한 채 그 화려했던 생을 마감한 것이다.

"와아아아아! 잔혹도마가 죽었다아아아아!"

누군가의 환희에 찬 외침이 터졌다.

"잔혹도마가 죽었다! 삼절표랑이 잔혹도마를 이겼다! 와아아아아!”

사기충천한 함성이 천지를 뒤흔들자 전장의 상황도 급변했다.

일방적으로 몰아치던 군림채의 도적들이 그 순간부터 손발이 어지러워지는가 하면 곳곳에서 대열을 이탈해 도주하는 자들이 속출했다.

이백 명이 넘는 숫자가 순식간에 절반이 되고 절반은 또 그 절반이 된다.

이젠 수적 우위조차 무너진 상황, 결국 누군가가 외쳤다.

“후퇴! 모두 후퇴하라! 일단 후퇴해서 전열을 재정비할 것이다!”

하지만 그 뒷말은 아무도 듣지 않았다. 후퇴라는 단어가 튀어나온 순간, 남은 오십여 명마저 목숨 부지하기 위해 사방팔방으로 도주하기 바빴던 것이다.

아무도 쫓지 않았다.

다들 기진맥진이라 쫓을 힘도 없었다.

다들 그 자리에 털푸덕 주저앉아서는 가쁜 숨을 내쉰다. 그렇게 주저앉아 기적 같은 생존과 감격적인 승리의 여운을 만끽하던 그들이 그 여운이 채 다 가시기도 전에 눈을 돌려 선망과 경외의 시선으로 오늘의 영웅인 루하를 본다.

루하도 그때까지 흥분을 가라앉히지 못하고 있었다.

그것은 단지 잔혹도마를 이긴 것 때문만은 아니었다.

해냈다는 성취감.

살았다는 안도감.

모두를 지켜 냈다는 뿌듯함.

그의 가슴속엔 은형대와 천랑채가 목숨으로 자신을 지키던 그때의 뭉클함이 아직도 그대로 남아 있었던 것이다.

하지만 그 모든 감정들보다 우선하는 것이 있었다.

아니, 그 모든 감정들이 다른 하나의 감정을 부추기고 있었다.

심장을 뜨겁게 달구고 미치도록 갈구하게 만든다.

그렇게 모두의 시선이 집중된 가운데 루하가 성큼 걸음을 내디뎠다.

루하가 향하는 곳에는 설란이 있었다.

그 걸음걸음은 거침없다 못해 저돌적이었고 설란을 보는 눈빛은 이글거리다 못해 활활 타오른다.

그 바람에 저도 모르게 움찔 놀라며 뒷걸음질을 치는 설란이다.

하지만 무의미했다. 루하의 걸음은 그보다 훨씬 더 빨랐다. 성큼성큼 몇 걸음을 내딛자 이내 설란의 코앞이다.

"야!"

눈빛만큼이나, 걸음새만큼이나 목소리도 달떠 있고 덥석

설란의 어깨를 움켜쥐는 손길도 뜨겁다.

"왜, 왜 그러는데?"

루하의 손길에 놀라 본능적으로 몸을 움츠리는 설란의 눈은 그야말로 길 잃은 어린 사슴처럼 애처롭다.

그런데 이어서 들려온 루하의 말은 잔뜩 겁먹은 사슴 같던 설란의 눈을 순식간에 황당함으로 물들게 만들었다.

"야! 너, 나랑 결혼해!"

"뭐?"

"나랑 결혼하자고. 당장!"

이게 무슨 자다가 봉창이란 말인가?

뜬금없어도 어떻게 이렇게 뜬금없을 수가 있단 말인가?

그 격렬했던 전장의 한가운데서.

곳곳에 피와 죽음이 아무렇게나 나뒹구는 이 참혹한 지옥도 속에서.

이렇게 많은 사람들이 보고 있는데.

하물며 천랑채 도적들은 아직도 설란을 사내로 알고 있는데.

"너…… 제정신이니?"

"이 보다 더 제정신일 수가 없을 정도로 제정신이야."

"제정신인데 지금 이 상황에서 그런 정신 나간 농담을 하고 싶니?"

"농담 아니거든? 나 완전 진지하거든? 생각해 보니까 무림인의 삶이란 게 그런 거잖아. 언제 어느 때 골로 갈지 모르는 거. 그러니까 언제 어느 때 골로 가도 억울하지 않게 너랑 결혼부터 하겠다는 건데 뭐 잘못됐어?"

"그러니까 누구 맘대로?"

"내 맘대로! 나, 이래 봬도 팔공산의 사왕을 꺾은 남자야. 나 정도 되는 남자가 낭군님이 되어 주겠다는데 감동의 눈물은 흘리지 못할망정 어디서 앙탈이야? 잔말 말고 나랑 결혼해! 무조건!"

第七章

그러지 말고 저랑 같이
일해 보는 건 어때요?

'결국 여기밖에 없나?'

양윤이 눈앞의 전각을 바라보면서 아쉬움에 입맛을 다셨다.

루하의 명을 받아 집을 알아보는 중이었다.

하지만 아무리 발품을 팔아도 오천 냥으로는 마음에 맞는 집을 찾기가 어려웠다.

물론 이 눈앞의 전각도 충분히 컸다.

수십 명의 가솔을 들이기에도 부족하지 않은 규모였다. 집주인의 채무로 인해 관아에서 관리해서 그렇지, 현 시가로 일만 오천 냥이 넘는 대저택이었다.

하지만 루하가 원하는 것은 단지 일가를 이룰 집이 아니었다. 앞으로 그가 만들어 갈 일문의 거점이었다.

'표국이 될지 문파가 될지는 모르지만 그래도 일문이 들어서려면 저기 저 건물 정도는 되어야 하는데…….'

양윤이 저 멀리 유독 도드라지게 우뚝 솟은 건물로 눈길을 던졌다. 현재 매물로 나온 물건 중에 가장 크고 가장 화려한 저택이었다. 규모만 따져도 족히 만수표국의 세 배가 넘었다.

'하나…….'

가격이 너무 비싸다.

십이만 오천 냥.

주어진 예산에서 무려 스무 배가 넘는 액수였다.

삼절표랑의 이름으로도 구할 수 있는 돈이 아닐뿐더러, 누군가 그 돈을 빌려 준다고 해도 이자와 원금을 갚느라 평생 빚에 허덕여야 할 판이다.

'그래. 아직은 과분하지.'

자신의 것도 아닌데 왜 이렇게 입안이 씁쓸하고 아쉬운지 모르겠다.

양윤은 일단 눈앞의 건물에 대해 관아의 현리와 입을 맞춰 놓고 집으로 돌아왔다.

그렇게 집으로 돌아오는 길에 누군가 그를 불렀다.

"형님. 양윤 형님."

돌아보니 만수표국의 서기 유현이 그를 발견하고는 급히 달려오고 있었다.

"마침 잘 만났습니다. 그렇잖아도 형님을 만나러 가던 참이었습니다."

"응? 날 왜? 무슨 일 있는가?"

"형님. 그 소식 못 들으셨습니까?"

"소식이라니?"

"루하가, 아, 아니 삼절표랑 정 소협이 팔공산을 넘었다는 소식 말입니다."

"팔공산이야 어차피 표행단이 넘기로 한 거 아닌가? 그게 무슨 큰일이라고 그리 호들갑을 떠는가?"

"그게 아닙니다. 무슨 사고가 있었는지 정 소협과 제갈세가의 무사 몇이 중간에서 표행단과 떨어졌다 합니다. 게다가 길이 엇갈리는 바람에 표행단은 길을 틀어 남궁세가로 가고 정 소협 일행은 팔공산으로 들어갔다지 뭡니까. 그런데 이 천하에 무도한 도적놈들이 통행료까지 받아 처먹고는 떼거리로 정 소협 일행을 공격했답니다. 제갈세가와의 약속도 어기고 말입니다."

"뭐?"

양윤의 얼굴이 순간 사색이 되었다.

"그래서? 정 소협은 어찌 되었다던가? 설마…… 화라도 입었단 말인가?"

"아까 말씀드렸잖습니까? 팔공산을 넘었다고."

"아……."

"게다가 그냥 넘은 것도 아닙니다."

"그냥 넘은 것이 아니라니?"

"아, 글쎄, 사왕 중 하나인 잔혹도마 구귀광을 죽였답니다!"

"뭐? 그게 무슨…… 설마 정 소협이 잔혹도마를 죽였단 말인가?"

"그렇다니까요. 그 일로 지금 세상이 다 떠들썩한데, 형님은 모르셨습니까?"

몰랐다.

집을 구하는 것에만 정신이 팔려 그런 일이 있었다는 건 꿈에도 몰랐다.

"거 참, 정 소협의 사람이 되겠다고 만수표국까지 그만둔 분이 어떻게 정 소협의 일에 그렇게 깜깜할 수가 있습니까? 난 또 형님한테 물으면 그 일에 대해 좀 더 자세히 알 수 있을까 싶어서 이렇게 부랴부랴 형님을 찾아가는 길이었는데…… 아무튼 형님 줄 한번 제대로 선 겁니다. 사왕을 죽이고 팔공산을 넘었으니 앞으로 그 이름값이 얼마나 높아지겠습니까? 녹림칠패나 정도십이천에도 전혀 꿀리지 않죠. 특히 이쪽 바닥에선 천룡표국이나 대륙표국도 삼절표랑 앞에선 한 수 접어 줘야 할걸요? 형님. 진짜 나중에 잘되시면 이 아우 잊으시면 안 됩니다. 자리 잡으면 무조건 저부터 불러 주셔야 해요. 그동안 저도 형님 어려운 일 있을 때 많이 도와드렸잖습니까."

그렇게 제삼 제사 당부를 해대는 유현을 간신히 떼어놓고 아직은 현실감 없이 얼떨떨한 기분으로 집에 당도하고 보니 그의 집 앞에 못 보던 인물들이 서성이고 있었다.

"혹시 삼절표랑의 대리인이신 양윤 공이십니까?"

일단의 무리 중 우두머리로 보이는 자가 양윤을 보며 물어왔다.

"제가 양윤이 맞긴 한데, 뉘신지……."

"아, 양윤 공이 맞으시군요. 소인은 현천상단의 산서 지부 지부장으로 있는 이하원이라 합니다. 양윤 공께 긴히 드릴 말씀이 있어 이렇게 실례를 무릅쓰고 찾아뵙게 되었습니다."

현천상단이라는 말에 흠칫 놀라는 양윤이다.

현천상단이라 하면 대륙 상권의 절반을 차지하고 있는 대륙 최고의 상단이었다. 그런 대단한 상단의 지부장이란 사람이 자신에게 긴히 할 말이란 게 뭐란 말인가?

아무래도 간단히 나눌 얘기는 아닌 것 같았다.

"무슨 일로 저를 찾아오셨는지는 모르겠지만 일단 안으로 드시죠."

그렇게 문을 열고 집안으로 들어서자 양윤의 처 이씨 부인이 그렇잖아도 궁금했었다는 듯 따라 들어오는 이하원을 눈치껏 살피며 양윤에게 물었다.

"아침나절부터 당신 오기를 몇 시진이나 기다리던데, 누구래요? 무슨 일로 온 거래요?"

"현천상단의 사람이란 것 말고는 나도 잘 몰라. 이제부터 알아봐야지."

그렇게 자신의 방으로 이하원을 들인 양윤이 그제야 궁금해하던 것을 물었다.

"그래. 제게 긴히 하실 말씀이란 것이 무엇입니까?"

"그전에 하나만 여쭙겠습니다. 양윤 공께서 삼절표랑을 대리하고 계시는 게 사실입니까? 대리하고 계시다면 어느 선까지를 대리하실 수 있습니까?"

"제가 정 소협의 대리인인 것은 맞습니다만, 어느 선까지라는 게…… 어느 선까지를 말씀하시는지 모르겠군요."

"음…… 그냥 단도직입적으로 말씀드리는 게 낫겠군요. 제가 저희 현천상단을 대표해서 이렇게 양윤 공을 찾아뵌 건 삼절표랑과 같이 일을 해 보고 싶어서입니다."

"같이 일을 한다?"

"그만한 명성에 그만한 업적을 쌓았으니 이제 정 소협도 일가를 이루셔야 하지 않겠습니까? 그 독립 자금을 저희가 지원해 드리겠습니다."

그제야 이하원의 말을 알아들었다.

"표국을 차려 주겠다는 말씀입니까?"

대개의 표국은 주인이 직접 자본금을 끌어 모아 설립하는 게 보통이지만, 간혹 크게 이름을 떨치고 있거나 투자할 만한 가치가 충분한 경우 상단이나 투자자들 쪽에서 먼저 이렇게 표사에게 접근해 독립을 유도하는 경우도 더러 있었다. 실제로 대륙표국과 천룡표국도 그런 든든한 자본금을 바탕으로 지금의 위치에 올라섰다 해도 과언이 아니었다.

양윤의 물음에 이하원이 고개를 끄덕였다.

"그렇습니다. 정 소협이 표국을 설립하시는 데 도움을 드리고자 이렇게 찾아뵌 것입니다."

"하지만 현천상단은 표국 사업에는 손을 안 대고 있는 걸로 압니다만?"

요즘 가장 돈 되는 사업이 표국 사업이지만, 지금까지 현천상단은 그들의 원칙 때문인지 무림도 상계도 아닌 이 어중간한 세계에는 애써 발을 담그지 않고 있었다.

"물론 저희 상단에는 상무불일로(商武不一路) 즉, '상계와 무림은 같은 길로 가지 않는다' 는 계율이 있습니다. 하지만 솔직히 말씀드리면 저희가 표국 사업에 뛰어들지 않은 것은 계율 때문이 아니라 그 시기를 놓쳤기 때문입니다. 표국 사업이 이렇게까지 큰 시장이 될 거라고는 미처 생각지 못했기에 굳이 상계도 무림도 아닌 일에 끼어들 필요를 느끼지 못했고, 그렇게 안일하게 생각하고 있는 사이 세상이 급변한 것이죠. 아차, 싶었을 때는 이미 이 시장에 우리가 발을 붙일 곳은 없었구요."

표국 사업이란 것이 결국 사람 장사다.

긴 계약 기간도 계약 기간이지만, 기본적으로 의리를 바탕으로 두고 있기에 한번 뿌리를 내린 표국이 결국 평생의 터전이 되는 것이 이 바닥 생리인 만큼 능력 있는 표사들을 선점하는 것이 사업의 관건이었다.

하지만 그들이 아차 했을 때는 이미 대륙표국과 천룡표국 등 이름 있는 표국들이 능력 있는 표사들을 죄다 독점해 버린 상태였다.

"저희로서는 정말이지 뼈아픈 패착이었죠. 그 바람에 대륙표국의 뒷배가 되어 준 대륙상단이나 천룡표국과 손을 잡은 천하상단이 무섭도록 치고 올라왔구요. 그래서 때를 보고 있었습니다. 이왕 시작을 하는 거면 현천상단의 이름에 걸맞게 시작부터 화려하고 강렬하게 등장을 해서 세상의 이목을 집중시켜야 하는데, 그래야만이 후발주자로서의 한계를 단기간에 극복할 수 있는데 그 마땅한 때가 좀처럼 찾아오질 않았습니다."

"그때가 지금이라는 말씀입니까? 정 소협이 사왕을 꺾고 크게 이름을 떨치고 있는 이때?"

"그렇습니다. 사왕을 꺾은 삼절표랑이 대륙최고의 상단인 현천상단과 손을 잡고 표국을 세운다. 그만한 화제성이면 사람이야 절로 모일 테니까요. 이왕이면 호북성보다는 팔공산이 있는 안휘성이 입지를 다지는 데는 더 수월할 것 같아서 이미 그쪽에 표국이 들어설 토지도 봐 둔 상태입니다."

"흠……."

"어떻습니까? 저희 상단과 손을 잡지 않겠습니까? 결정만 하신다면 선수금으로 삼십만 냥, 표국이 개업을 하면 유지비와 관리비로 다시 삼십만 냥을 더 지원해 드리겠습니다."

역시 대륙 최고의 상단답게 돈질 한 번 화끈하게 한다.

나랏밥을 먹으며 거액의 돈을 숱하게 만져 봤지만 지금 이하원의 입에서 나오는 금액은 그로서도 구경조차 못 해 본 액수였다. 거기다 땅값이 황도 북경에 버금가는 안휘성의 금싸라기 땅까지.

듣기만 해도 심장이 쿵쾅거리고 손발에 땀이 맺힌다.

"그렇게까지 큰돈을 투자할 만한 가치가 있습니까?"

"저희는 장사꾼입니다. 가치 없는 곳에는 애초에 투자를 하질 않죠. 장담컨대 삼절표랑이 안휘에 터를 잡게 된다면 그 표국은 삼 년 안에 칠성표국으로 올라설 겁니다. 저희가 반드시 그렇게 만들 것입니다. 물론 그게 아니더라도 삼절표랑은 이름 자체로 의미가 있습니다. 삼절표랑이 세울 표국은 금맥이나 다름없는 이 큰 시장에서 현천상단이 그려갈 큰 그림의 시작이자 중심이 될 테니까요. 단지 당장의 이문만을 보고 투자를 결정한 것이 아니란 거죠."

양윤은 아직도 얼떨떨하기만 했다.

루하가 사왕을 꺾었다는 것도 여전히 현실감이 없는데 현천상단이니 칠성표국이니 삼십만 냥이니, 한낮의 잠에 취했다 달콤한 꿈이라도 꾸고 일어난 것처럼 머리가 멍했다.

"아무튼지 간에…… 제가 정 소협의 대리인이라고는 하나 이 문제에 있어서만큼은 제가 임의로 결정할 수 있는 사안은 아닌 것 같군요. 자세한 이야기는 정 소협이 돌아오는 대로 다시 하는 게 좋을 것 같습니다."

양윤이 할 수 있는 대답은 그것뿐이었다.

"어차피 지금 대답을 듣고자 했던 것은 아니었습니다. 다만 앞으로 분명 저희와 같은 제안을 해 오는 곳이 있을 것이고, 그럴 때 조급히 결정하지 마시고 저희를 먼저 생각해 달라는 뜻에서 이렇게 급히 찾아뵌 것입니다."

"말씀하신 뜻은 잘 알아들었습니다. 정 소협께도 현천상단의 뜻을 잘 전달해 드릴 것이니 심려 마십시오."

그렇게 이하원이 돌아갔다.

이하원이 돌아가자 이씨 부인이 궁금해하며 물었다.

"무슨 일이에요? 얼핏 듣기로 현천상단에서 온 사람들이라는데 그런 곳에서 왜 당신을 찾아온 거예요?"

"그게…… 아무래도 말이야. 우리 일가가 제대로 운이 트이려나 보이."

"예?"

"우리가 잡은 동아줄이 그냥 동아줄이 아니라 황금 동아줄이었던 모양이야."

"그게 다 무슨 말씀이에요?"

"그러니까 말이야. 나도 이게 다 무슨 일인지 모르겠단 말이지."

양윤의 목소리는 떨리고 있었다.

이씨 부인을 보는 눈빛도 흥분으로 떨린다.

이씨 부인에게 말한 대로 아직 현실감 없이 얼떨떨했지만 그런 중에도 그 눈빛에 깃든 것은 달라질 세상에 대한 기대와 눈물 나도록 즐거운 환희였다.

어쨌거나 이하원의 말대로였다. 이튿날부터 대륙상단을

비롯해서 중원에서 내로라하는 상단들이 앞다투어 그를 찾아왔다.

그제야 양윤도 새롭게 변한 현실을 완전히 받아들였다.

그렇게 달라진 현실을 인정하고 나서 그가 가장 먼저 한 일은 현리를 찾아가 건물 구입 약속을 무르는 것이었다.

현천상단의 제안을 떠나서 이젠 급이 안 맞아도 너무 안 맞다. 심지어 그토록 탐이 났던 십이만 오천 냥짜리 저택조차 눈에 차지 않는 판국에 오천 냥짜리 코딱지(?)만 한 집이 어디 눈에 차겠는가 말이다.

그리해 집을 구하는 건 미루기로 했다.

표행을 떠날 때와 그 위상이 천지차이가 되어 버린 지금, 그에 걸맞은 집을 구하자면 루하의 의견부터 들어야 하는 것이다.

'그나저나 언제 오는 거지? 팔공산을 넘었다고 하면 금방 제갈세가일 테고, 빠르게 질러오면 보름이면 도착하긴 할 텐데…….'

괜히 마음이 급하다.

루하가 오면 상의할 일이 너무 많았다.

하지만 양윤의 조급함과는 달리 루하는 느긋하기만 했다. 팔공산을 넘은 마당에 조급할 일이 없기도 했지만, 그 무렵 루하는 집으로 돌아가는 것보다 훨씬 더 중하며 잔혹도마를 상대하는 것보다 훨씬 더 어려운 문제 풀이에 골몰해 있었다.

* * *

'싫어. 그만 좀 해. 대체 몇 번을 말해야 하니? 내 나이가 몇인데 결혼이니, 결혼은? 농담 같지도 않은 농담 하려거든 앞으론 나한테 말도 걸지 마.'

탁.

"하아……."

설란의 객방 문을 닫고 나오는 루하의 한숨이 깊다.

그런 루하를 보며 천랑채 도적 중 하나가 키득키득거린다.

"흐흐. 이번에도 안 된 겁니까?"

"웃지 마요. 나 완전 우울하거든요? 이 정도 했으면 못 이긴 척하고 받아줘야 하는 거 아니냐고요. 이젠 아예 귓등으로도 안 듣는다니까요. 남자가 체면 불구하고 꽃다발까지 준비해서 무릎까지 꿇었는데 문전박대라는 게 어디 말이나 되는 일이냔 말이죠."

"그러게 꽃 정도로는 안 된다고 했잖습니까. 청혼에는 뭐니 뭐니 해도 반짝거리는 게 최고라니까요."

"저번에 장씨 아저씨는 진심 어린 고백 하나면 충분하다 그러고, 엊그제 강씨 아저씨는 무릎만 꿇으면 만사형통이라 그러고, 또 어제 유씨 아저씨는 꽃이면 그냥 넘어오게 되어 있다 그러고, 이젠 또 반짝거리는 거라고요? 쟤가 얼마나 부잔지 알기는 하고 그런 말씀을 하시는 거예요? 지니고 다니는 것만 해도 집채만 한 황금 불상을 만들고도 남을 정돈데 반짝거리는 게 최고는 개뿔. 하긴, 내가 등신이지. 처자식도 없이 산속에 처박혀서 도적질이나 하는 양반들한테 어디 연애 상담이 가당키나 한 거냐고."

"큭큭큭. 너무 그러지 마십시오. 우리가 지금은 이 모양이라도 소싯적에는 다들 가정도 꾸리고 자식새끼들 똥 기저귀도 갈아 본 사람들이니까. 억울하게 처자식들을 잃고 더러운 세상으로 내몰리지만 않았어도 이렇게 도적질이나 하고 있진 않았을 겁니다."

사실이었다.

들어보니 천랑채 도적들 대부분이 비슷한 사연들을 가지고 있었다. 공교롭게 그렇게 되었다기보다는 장청이 처음 무리를 지을 때 그렇게 억울한 일을 겪고 갈 곳 잃은 자들을 우선적으로 받아들였는데, 차츰 시간이 흐름에 따라 비슷한 사연, 비슷한 아픔을 가진 자들만이 남게 된 것이었다.

그건 장청도 마찬가지였다.

자세한 사연까지는 들을 수 없었지만 모웅의 말로는 이들 중 누구보다도 아픈 과거를 가진 사람이 장청이라고 했다. 천랑채에 자연스럽게 그런 기조가 형성된 것도 그 영향이 컸다는 것이다.

"흥! 왕년에 아픈 사연 하나 안 가진 사람이 어디 있다고. 그리고 왕년에 가정 좀 꾸려 본 사람들이 그래, 겨우 열여섯 살짜리 계집애 마음 하나 잡는 법을 몰라요?"

그들에 대해 하나둘 알게 되면서 이 정도 농담은 스스럼없이 주고받을 만큼 친해졌다.

"그것보다 근본적인 문제는 따로 있는 것 같은데?"

루하의 투덜거림에 그렇게 툭 던져온 것은 장청이었다.

"왜요? 재밌어 보이세요? 그래서 장 두령님도 날 놀리는 일에 동참하시게요? 그런 거라면 애초에 접으세요. 여기서 저 더 건드리면 정말 오늘 아주 크게 살계를 열어 버릴 겁니다!"

"아니, 그런 게 아니라 난 보다 근본적인 문제를 말하는 거다."

"근본적인 문제요? 그게 뭔데요?"

"그러니까 내 말은 방법의 문제가 아닐 수도 있다는 거지."

"방법의 문제가 아니라면요?"

"방법이 아니라 마음의 문제가 아니냐는 말이다. 금붙이를 아무리 줘 본들, 무릎을 꿇고 진심을 전해 본들 상대한테 전혀 마음이 없다면 그게 다 무슨 소용이냐는 말이지."

"그러니까 그 말씀은 저 계집애가 날 안 좋아하는 거 아니냐는 거예요?"

"뭐, 굳이 말하자면 그런 거지."

장청의 말에 여기저기서 다시 키득거리는 웃음소리가 들렸다.

"뭐야? 그럼 그냥 짝사랑이었던 거야?"

"그럼 혼자 좋아서 청혼이니 뭐니 그 난리를 떤 거란 말이야?"

아주 물 만난 물고기마냥 좋다고 떠들어댄다.

어쩌다 이렇게 되었을까?

그래도 잔혹도마를 죽였을 때는 그들에겐 영웅이었고 은인이었는데, 그때의 그 경외와 선망은 다 어디 가고 이런 놀림거리로 전락하고 만 것일까?

'지금이라도 이 인간들을 확 다 죽여 버릴까?'

아니다.

죽일 땐 죽이더라도 무너진 자존심과 억울한 오해는 풀고 볼 일이다.

"나 혼자 좋아서 그런 거 아니거든요? 완전 잘못짚은 거거든요? 나란 놈 그렇게 막 눈치 없이 들이대고 하는 놈 아니거든요? 걔도 나 좋아하는 거 맞거든요?"

"뭐, 그렇다면 다행이고."

다행이라면서 아직도 저 미심쩍어하는 표정은 뭐란 말인가.

완전 빈정 상한다.

빈정 팍 상해서 한마디 했다.

"근데 길 잃은 강아지 새끼도 아니고, 다들 언제까지 따라올 거예요? 팔공산으로 안 돌아가세요?"

"안 돌아가는 게 아니라 못 돌아가는 거다."

"아니, 왜요? 잔혹도마도 죽었는데?"

"잔혹도마가 죽었으니 더 못 돌아가는 거다."

"그러니까 왜요? 이제 남천봉에서 장 두령님보다 센 놈 없잖아요? 배신자 취급할 놈도 없고? 근데 뭐가 무서워서 못 가요?"

"네놈이 사왕 중 하나를 죽였는데 우리가 팔공산을 넘는 동안 왜 다른 사왕이 움직이지 않았다고 생각하느냐?"

"그야 제갈세가와의 약속 때문이라면서요? 대놓고 어길 수가 없어서……."

"잔혹도마가 죽었다. 그것도 새파란 애송이에게. 그들의 입장에선 사왕의 이름에 먹칠을 한 것이지. 또한 그건 팔공산에 대한 도발이자 도전이기도 하고. 그들이 끼어들 명분으로는 충분했다는 말이다."

"그럼 왜 안 나타난 건데요? 나한테 겁이라도 먹었나? 하긴, 잔혹도마도 그 꼴을 당했으니 겁이 나기도 했을라나?"

"헛소리! 같은 사왕이라 해도 녹림칠패인 금강야차와 환락불은 급이 다르다. 개벽부만 해도 잔혹도마보다 반 수 위로 알려져 있고. 잔혹도마가 죽은 것으로 겁을 먹을 자들이 아니라는 말이다."

"근데 왜 조용했던 건데요?"

"더 큰 전쟁을 앞두고 쓸데없이 먼저 힘을 빼기 싫었던 거지."

"더 큰 전쟁이요?"

"잔혹도마가 죽었다. 그건 곧 남천봉의 주인이 사라졌다는 뜻이고. 팔공산을 네 개의 봉우리로 사등분하던 힘의 균형이 무너진 거란 말이다. 이제 곧 남천봉을 차지하기 위한 사왕, 아니, 삼왕의 전쟁이 시작될 거다. 그리고 그 전쟁에서 승리하는 자가 지금껏 아무도 올라보지 못한 팔공산 가장 높은 곳에 올라 명실공히 팔공산의 패자가 되는 것이고. 언제고 한 번은 치러야 할 전쟁의 때가 드디어 도래한 거지. 네놈이 잔혹도마를 죽인 덕분에 말이다. 잔혹도마의 밑에 있던 우리가 그런 전쟁터에 끼어서 살아남을 수 있다 생각하느냐?"

모르긴 몰라도 살명부 가장 윗자리는 군림채의 것이 될 것이고 그 다음 자리에는 천랑채와 장청의 이름이 적히게 될 것이다.

"그럼 이제 어떻게 할 건데요?"

"우리가 있을 만한 곳을 찾아봐야지. 어딘들 나 무적도 장청이 누울 자리 하나 없을까."

"또 산으로 들어가서 도적질이나 하겠다는 거예요?"

"지금껏 그렇게 살아왔으니까."

"그냥 이참에 손 씻는 건 어떠세요? 어차피 장 두령님 수하들도 딱히 도적질해 먹을 성품들도 아닌 것 같고. 이참에 그냥 성실히들 좀 살아 봐요."

"흥! 우리가 성실히 살고 싶다 한들 배운 거라고는 칼 쓰는 법밖에 모르는 우리를, 더구나 팔공산의 도적이었던 우리를 세상이 받아줄 것 같으냐? 기껏해야 우리가 할 수 있는 일이라고는 배에 기름 낀 탐관오리들의 호위무사가 되거나, 아니면 뒷골목 하오문도들의 뒤나 봐주는 게 전부지. 그럴 바에야 산에 들어가서 자유롭게 사는 것이 낫다."

"그러지 말고 저랑 같이 일해 보는 건 어때요?"

"뭐?"

루하의 제안은 너무 난데없었다.

장청이 황당해하는 얼굴을 하자 루하가 뭘 그렇게 놀라

느냐며 어깨를 으쓱해 보였다.

"이래 봬도 잔혹도마를 죽인 몸이신데, 천랑채 아저씨들이야 못 먹여 살리겠어요?"

"지금 나더러 네놈 밑으로 들어오라는 거냐?"

"뭐 어때요? 잔혹도마 밑에도 계셨는데 잔혹도마를 죽인 삼절표랑 밑으로 들어온다고 해서 그게 흉은 아니잖아요? 저한테도 나쁠 건 없구요. 어차피 나도 곧 일가를 이룰 생각이라 실력 있는 사람이 곁에 많이 필요하니까. 실력이라면 장 두령님이야 뭐 말할 것도 없고, 저 아저씨들도 다들 일류잖아요. 명색이 팔공산의 도적님들이신데."

"표국을 차릴 생각이라면 오히려 우리는 방해만 될 뿐이다. 어느 누가 팔공산의 도적이었던 우리에게 표물을 맡기겠느냐?"

"글쎄요? 제 생각에는 팔공산의 도적이었다는 과거보다는 잔혹도마를 죽인 삼절표랑의 이름이 더 먹힐 거 같은데요? 그 정도 자신도 없이 이런 제안을 하지는 않죠. 당장 결정을 하라는 건 아니니까 한 번 잘 생각해 보세요. 그래도 합비에 도착하기 전까지는 답을 주셔야 해요. 내 사람도 아니고, 전에도 도적이었고 지금도 도적이고 앞으로도 도적일 분들과 제갈세가의 앞마당까지 같이 동행할 수는 없는 노릇이잖아요."

사뭇 진지한 말투로 그렇게 말을 하고는 장청에게서 등을 돌린다. 그러다 다시 문득 생각났다는 듯 고개를 돌렸다.

"아, 그리고 길이 좀 샜는데, 진짜 나 혼자 좋아하는 거 아니거든요? 걔 나 좋아하는 거 진짜 맞거든요? 우리 완전 사랑하는 사이거든요? 그러니까 괜한 오해 마시라고요!"

* * *

"정 소협이 그런 제안을 해 왔단 말씀입니까?"

장청이 천랑채 식구들을 다 모아 놓고 루하의 제안을 들려 주자 모웅이 놀란 얼굴을 했다. 모웅만이 아니라 다른 이들도 워낙에 예상치 못했던 제안이라 다들 어리둥절해하고 있었다.

"그래서 어찌하기로 했습니까?"

"어찌해야 할지 모르겠으니까 이렇게 너네들한테 묻는 거잖아."

"이게 의견을 물을 일은 아니지 않습니까? 두령님 성격에 이게 어디 고민할 만한 일입니까?"

아무리 루하가 잔혹도마를 꺾었다고 해도, 그래 봤자 이제 겨우 열여덟 살밖에 안 된 아이다. 그리고 이 거친 세상을 자존심 하나로 버텨 온 장청이다. 십 년이 넘도록 모웅이 보아 온 장청이라면 루하의 제안을 단박에 거절했어야 했다.

"나 혼자 일이면 당연히 고민할 것도 없이 그 시건방진 녀석의 대갈통부터 부숴 놨겠지. 하나, 이건 나 혼자 일이 아니잖아. 저것들 보라고. 저렇게 아주 대놓고 구미가 당겨 하는데 어떻게 내 생각만 하겠냔 말이지."

장청의 말마따나 천랑채 식구들은 루하의 제안을 꽤나 흥미로워하는 표정들이었다.

사실 더러운 세상에 떠밀려 도적이 되긴 했지만 천성이 그렇게 독하지 못한 사내들이었다. 한 번씩 일을 하던 중에 크게 싸움이라도 벌어져 그 칼에 선량한 피를 묻히고 오는 날에는 토악질은 기본이고 쓰디쓴 독주로 그 역한 피비린내를 밤새 씻어내고서야 겨우 잠에 드는 자들도 있었다.

천랑채가 잔혹도마의 눈 밖에 난 것도 그런 이유에서였다. 도적질이 체질이 아니다 보니 그 회의감에 늘 따로 겉돌았던 것이다.

그러니 그들이 루하의 제안에 흔들리는 거야 당연했다.

"현실적으로 생각하면 확실히 니들한테는 나쁘지 않은 제안이지. 잔혹도마까지 꺾은 놈이니 그놈 밑으로 들어가면 남천봉에서 겉돌 때보다야 여러 가지로 훨씬 나을 테고."

"그래서 두령 자존심만 내세울 수가 없어서 우리의 뜻을 묻는 거라 이 말씀입니까?"

"뭐, 그런 거지. 알잖아? 너네들의 두령이라는 남자, 원래 이렇게 배려심 깊은 사내라는 거."

"배려심은 무슨! 괜히 우리 핑계 대지 마시죠?"

"뭐? 핑계라니? 내가 무슨 핑계를 대?"

"우리가 하루 이틀 같이 지낸 것도 아니고, 두령 속마음 하나 모르겠습니까? 정 소협이 앞으로 어떻게 성장할지, 그 성장의 끝에 어떤 모습을 하고 있을지 그냥 궁금해진 거잖습니까? 보고 싶어진 거잖습니까? 그게 어디 두령만 그런 줄 아십니까? 궁금하고 보고 싶은 건 우리도 마찬가집니다. 그 어린놈이 눈앞에서 잔혹도마를 죽이는 걸 두 눈으로 목격했는데 궁금해지지 않으면 그게 더 이상한 거죠."

"부두령 말씀대로예요. 세상 천지에 두령의 단혼팔문도를 몇 번 본 것만으로 그렇게 완벽하게 펼친다는 게 말이 됩니까? 그게 어디 사람이냐고요. 앞으로 얼마나 대단해질지 상상도 안 가는데 그 좋은 구경을 그냥 풍문으로만 들어야 한다는 건 진짜 너무 아깝죠."

"뭐, 그게 아니더라도 며칠 지내 보니 우리랑도 썩 죽이 잘 맞는 것도 같고."

"놀리는 재미도 쏠쏠하고. 크크."

"의선가의 장녀랑 과연 어떻게 될지 궁금하기도 하고.

크크크."

"웬만하면 잘 되는 것보다는 잘 안 되는 걸 보고 싶긴 한데 말이야."

"그렇지. 보기 좋게 차여야 두고두고 놀려 먹을 거 아냐. 크크크크"

그렇게 한마디씩 거들며 키득대는 수하들을 보며 장청이 미간을 구겼다.

"그러니까 너네들은 그놈 밑으로 들어가는 데 찬성하시겠다? 너네들 두령이 그런 어린놈한테 머리를 숙이든 말든, 그런 굴욕을 당하든 말든 너네들 두령의 자존심 따윈 어찌 되어도 상관없다?"

"어차피 내 자존심 상하는 것도 아닌데요, 뭐."

"두령 자존심 한 번 굽히고 들어가면 만사형통이니까 까짓 그냥 그렇게 합시다. 다 좋은 게 좋은 거 아니겠습니까?"

"이것들이 정말…… 야, 이 자식들아! 내가 그동안 너네들한테 해 준 게 얼만데 저 딴 어린놈 때문에 날 배신해?"

"그거야 다 과거지사 아닙니까? 사람은 미래를 보고 살아야죠. 아무리 생각해도 두령보다야 삼절표랑 쪽 밥줄이 더 든든해 보이는 걸 어쩌겠습니까? 억울하시면 두령도 사왕 하나쯤 죽이고 오시던가요."

"이런 개자식들! 내가 너네들 개자식들인 건 일찍이 알았지만 이렇게까지 개자식들일 거라고는 상상도 못 했다. 에이, 이 천하에 배은망덕한 놈들! 그래, 마음대로들 해! 마음대로들! 저놈이랑 붙어먹든 저놈 똥꼬를 빨아먹든 마음대로들 하시라고! 나는 나대로 내 갈 길 갈 테니까!"

"아, 거참. 뭘 또 그렇게 정색을 하십니까? 농담 좀 한 걸 가지고. 여기 목숨들 죄다 두령님 덕분에 살아 있는 목숨들인데 아무렴 우리가 두령님을 배신하겠습니까? 아무튼 은근 소심한 양반이라니까. 그래도 두령."

모웅이 그렇게 운을 떼며 지금까지의 장난스러움을 지웠다.

"어쩌면 지금이 우리에겐 새 삶을 살 수 있는 마지막 기회일지도 모르지 않습니까? 이 녀석들도 한 번쯤은 제대로 살아 봐야 하지 않겠습니까? 언제까지고 몸에 맞지도 않는 옷 입고 어울리지도 않는 짓거리 하면서 살기에는 이 녀석들 인생이 너무 아깝지 않습니까? 그러니까 두령, 그 어린놈한테 까짓 한번 맡겨 봅시다. 인생 한번 걸어 볼 만한 가치는 있는 놈 아닙니까? 두령도 그렇게 생각하시니까 바로 거절 안 하고 먼저 우리 뜻부터 물으신 거잖습니까?"

사뭇 진지하고 뜨거운 말에 장청이 대꾸 없이 수하들을 훑었다.

그들의 눈빛도 지금 모웅의 것과 다르지 않았다.

"젠장! 알았어. 알았다고. 끝끝내 내 자존심 생각해 주는 놈은 한 놈도 없구만. 너네들 뜻대로 그 어린놈한테 까짓 머리 한 번 숙여 줄 테니까 나중에 딴말이나 하지 마. 표행이 힘들어서 못 하겠다느니 전처럼 통행세나 받으면서 편하게 먹고 살겠다느니, 그딴 소리 내 앞에서 지껄이면 그땐 내 덕에 산 목숨들 내 손으로 거둬 버릴 테니까!"

"저를 도와 저랑 같이 일을 하시겠다고요?"

장청으로부터 천랑채의 뜻을 전해 들은 루하가 대번에 반색을 했다.

"진짜죠? 이햐! 잘 생각하신 거예요. 진짜 잘 생각하신 거예요!"

기쁠 수밖에 없다.

아무리 명성이 높아졌다고 해도 한정된 자원 안에서 실력 있는 표사들 구하는 게 쉬울 리가 없다. 그런 상황에서 오십 명 가까이 되는 실력자들을 한꺼번에 구하게 된 것이다. 그들의 과거 전력 때문에 여러 가지로 문제가 생기긴 하겠지만 그 정도야 인력난이 단번에 해결된 것에 비하면 아무것도 아니었다.

"한데 우리를 받아들일 구체적인 계획은 있는 것이냐?"

"구체적인 계획이요?"

"결국 표국을 세울 것이 아니냐?"

"아무래도 그렇겠죠?"

"하면 언제 어디에서 어떤 식으로 문을 열 것인지, 운영은 어떻게 해 나갈 것인지, 계획이 있어야 할 거 아니냐?"

"그런 거 없는데요? 내가 잘 알고 할 수 있는 일이 표국 일밖에 없고 내 이름이 누구 밑에 있기에는 너무 커져 버려서 표국이나 세워야겠다, 생각하는 수준인 거지, 사람 하나 구하지 않은 상태에서 뭔 계획이 있겠어요? 장 두령님이랑 천랑채 아저씨들이 합류하게 된 것도 갑작스럽게 진행된 일이고."

"그런 주제에 우리를 먹여 살릴 수 있다 그렇게도 큰소리를 친 것이냐?"

"글쎄, 걱정 마시라니까요. 산서로 돌아가면 아마 표국 건물 정도는 구해 놨을 거고, 아무렴 내가 내 식구들을 굶기기야 하겠냔 말이죠. 장 두령님도 아시잖아요. 이 바닥이란 게 이름값이 곧 돈이라는 거. 언제 어디에서 어떤 식으로 문을 열든 간에, 돈이 굴러들어올 일만 남았다는 거죠."

얼핏 들으면 대책 없고 무식하게 들릴 수도 있는 말이었지만 대책 없는 그 말이 사실은 가장 현실적인 말이었다.

이름이 곧 돈인 세계다. 가만히 있어도 여기저기서 돈을 바리바리 싸들고 달려올 자들이 부지기수일 터였다.

"그래서 우리는 어디로 가면 되느냐?"

"어? 같이 안 가실 거예요?"

"아무리 네 사람이 되었다고 해도 어쨌거나 우리는 제갈세가의 표물을 훔치려 했던 도적이다. 쓸데없이 제갈세가를 불쾌하게 만들 필요가 없지 않느냐? 그건 우리도 불편하고 네게도 민폐가 되는 일이고. 서로가 불편한 일을 굳이 만들 필요야 없지."

"그래도 굳이 그러실 것까진 없는데…… 하긴, 장 두령님 말씀대로 또 굳이 제갈세가까지 같이 가실 필요도 없는 거니까. 알았어요. 그럼 일단 산서 정양으로 가셔서 양윤이란 분을 찾으세요. 그분께 사정을 말씀하시면 알아서 잘해 주실 거예요."

악명 자자한 도적 떼가 양윤 앞에 나타나면 그 겁 많은 양반이 얼마나 놀라할지 잠깐 걱정이 되긴 했지만 그래도 눈치가 빠른 사람이니 시끄럽지 않게 잘 처리를 해 줄 거라 믿었다.

그렇게 천랑채는 산서로 길을 떠났다.

이제 처음 그대로 은형대와 설란, 그렇게 단출한 행렬이 되어 제갈세가로 향했다.

제갈세가로 향하는 내내 분위기는 뜨거웠다.

거리마다 사람들이 몰려나와 행렬을 구경했다.

물론 그 모든 관심의 중심에는 루하가 있었다.

잔혹도마를 죽이고 그 험하다는 팔공산을 돌파한 어린 영웅에 대한 호기심인 것이다.

어쨌거나 그렇게 많은 관심들 속에서 제갈세가에 도착했다.

그들을 마중 나온 것이 제갈세가의 가주가 아니라 장로인 제갈서문인 것이 조금 빈정이 상하긴 했지만, 따지고 보면 고작 표물 두 대에 손님이라고는 루하와 설란뿐이니 육대가문의 주인이 직접 마중 나오는 것도 과한 일이긴 했다.

'그래 뭐, 명색이 육대가문의 주인인데 엉덩이를 가볍게 움직이긴 좀 뭣하겠지.'

第八章

거짓이란 쓰디쓴 진실보다 달콤하다

"그 아이가 잔혹도마를 죽였다는 게 사실이더냐?"

제갈세가의 가주 금검수사(金劍秀士) 제갈문이 물었다.

그 앞에 무릎을 꿇고 앉은 이도명이 대답했다.

"사실입니다. 삼절표랑의 검이 잔혹도마의 목을 꿰뚫는 것을 저희 모두가 똑똑히 보았습니다."

하지만 이도명의 대답에도 제갈문은 불신을 지우지 못했다.

"홍염마수를 죽인 것이야 그렇다 쳐도, 그 어린 아이가 어찌 잔혹도마를 죽일 수가 있단 말이냐? 혹시 다른 변수가 있었던 것이 아니더냐?"

잔혹도마에게 어떤 악재가 있었다거나 돌발 상황이나 기습 상황에서 찰나간에 일어난 어떤 사고라거나…….

"아닙니다. 천랑채 채주 무적도 장청이 중간에 끼어들긴 했으나 잔혹도마를 죽일 때의 상황은 삼절표랑과 잔혹도마의 기예 대 기예, 힘 대 힘의 승부이었습니다. 그 승부에서 삼절표랑이 이긴 것입니다."

"허!"

이도명이 허튼소리를 할 사내가 아니란 것은 그가 더 잘 알고 있었다. 먼 방계의 제자를 그 우직함과 재능을 보고 그가 직접 본가로 데려와 가르쳤다.

하지만 그럼에도 이도명의 말이 곧이곧대로 받아들여지지가 않는다.

잔혹도마 구귀광이 누군가.

녹림칠패와 정도십이천으로 대변되는 현 무림에서 그 녹림칠패와 어깨를 나란히 했단 고수다. 제갈세가에서 그를 이길 고수가 과연 누가 있을까 생각해도 선뜻 떠오르는 인물이 없다. 그건 자신 또한 마찬가지다.

'은퇴한 전대의 장로님들이라면 가능할까?'

제갈세가가 무공 면에서 다른 육대가문에 비해 약한 때문이기도 했지만 그만큼 잔혹도마 구귀광의 실력이 대단하다는 방증이기도 했다.

한데, 겨우 열여덟 살밖에 되지 않았다는 아이가 그런 자를 꺾은 것이다.

그걸 어찌 믿으란 말인가?

그러나 이어서 나온 이도명의 말은 그를 더욱더 불신에 빠지게 만들었다.

"하나 삼절표랑의 대단함은 단지 잔혹도마를 꺾었다는 것뿐만이 아닙니다."

"그게 무슨 말이냐? 하면 잔혹도마를 꺾은 실력이 그의 전부가 아니라는 말이냐?"

"그렇습니다. 그가 진정으로 무서운 점은 잔혹도마를 꺾었다는 단편적인 사실만으로는 감히 다 짐작할 수 없는, 그 한정 지을 수 없는 재능입니다."

"……."

이도명의 말뜻이 선뜻 이해되지 않는 제갈문이다.

그런 제갈문을 보며 이도명이 말을 이었다.

"잔혹도마를 죽인 삼절표랑의 마지막 수는 십이 성 대성의 경지에 이른 단혼팔문도였습니다."

"뭐라? 단혼팔문도? 허! 희대의 재능이 아니면 익히는 것조차 불가능하다는 단혼팔문도를 그 나이에 십이 성의 성취를 이루었단 말이냐? 그렇군. 그래. 십이 성의 단혼팔문도라면, 단혼팔문도의 비전전인이라면 잔혹도마를 죽인 것도 납득은 되지."

"그게 아닙니다. 단혼팔문도의 비전을 이은 것은 삼절표랑이 아니라 천랑채 채주 무적도 장청입니다. 삼절표랑은 그저 무적도 장청의 단혼팔문도를 그날 옆에서 훔쳐 배운 것뿐입니다."

"무슨 그런 터무니없는……."

"사실입니다. 삼절표랑은 단혼팔문도를 팔공산에서 처음 본 것이었습니다. 처음 본 것을 그 잠깐 동안에 십이 성 대성의 경지로 시전해 낸 것입니다."

"그게…… 가능한 일이라 생각하느냐?"

"가능한 일이라 생각지 않습니다. 하나 제 눈으로 직접 목도한 일입니다. 저뿐만 아니라 모두가 보았습니다. 심지어 의선가의 예 소저께선 삼절표랑의 그 같은 재능을 이미 알고 계셨던 듯했습니다."

"설란 그 아이가? 그 아이는 또 삼절표랑을 어찌 알고?"

"어떻게 아는 사이인지는 모르나 아주 깊고 친밀해 보였습니다. 외람된 말씀이나 의선가는…… 포기하셔야 할 듯합니다. 소가주님의 마음도 알고 의선가가 우리에게 얼마나 필요한 곳인지도 알지만 무리하게 진행했다가 삼절표랑과 척을 지게 되느니 차라리 의선가에 대한 미련을 버리고 그를 가까이에 두는 편이 우리 제갈가에는 더 큰 이득이 될 거라 생각합니다."

"네 말은 그자 하나가 의선가보다 가치가 높다는 것이냐?"

"단언하건데 멀지 않은 시간에 삼절표랑의 이름은 정도십이천과 녹림칠패보다 분명 더 위에 서게 될 것입니다. 어쩌면 무림사 그 누구도 올라보지 못한 자리에 오르게 될지도 모릅니다."

무림사 그 누구도 올라보지 못한 자리란 하나밖에 없다.

천하제일인(天下第一人)

지금 이도명은 분명 루하를 두고 천하제일을 논하고 있었다.

'천하제일인이라니…….'

그 얼마나 가슴 떨리는 이름이던가.

무인이라면 누구나가 한 번쯤은 꾸었을 꿈이다.

그러나 무림사에 천하를 호령했던 자들은 많았지만 그 어느 누구도 끝내 이루지 못했던 꿈이다.

그도 그럴 것이, 세상에 드러나지 않은 기인이사들이 수없이 즐비한 무림에서 어느 누가 감히 천하제일을 논할 수 있겠는가 말이다.

한데, 이도명은 분명 천하제일인이라 했다.

그건 삼절표랑의 재능이 진실로 그와 같을 수도 있다는

뜻이다.

'대체 어떤 아이이기에……?'

궁금했다.

그런 제갈문의 마음을 읽은 이도명이 물었다.

"만나 보시겠습니까?"

하지만 제갈문은 고개를 저었다.

"지금은 때가 아니다."

제갈세가의 미래를 걸었던 환혼혈강시가 남궁세가의 수중에 들어가 있었다. 심지어 끝내 잃어버린 표물 하나는 사왕 중 누구의 손에 들어갔는지도 확인이 안 되는 상황이다. 가문의 멸문까지도 걱정해야 할 이 총체적 난국의 상황에서 삼절표랑에게 마음 쓸 여력이 없었다.

"내일이면 남궁세가에서 사람이 당도할 것이다. 삼절표랑을 만나는 것은 그 다음이어도 늦지 않겠지. 그때까진 한 치의 소홀함이 없이 잘 모셔야 할 것이다."

한편, 그 시각 미래의 천하제일인은 자신에게 배정된 귀빈청 객실을 둘러보며 꽤나 흡족해하고 있었다.

"좋네, 좋아. 여기가 제갈세가의 귀빈청 중에서 제일 좋은 방이라며? 일개 쟁자수였던 내가 제갈세가에서 이런 대접을 받을 날이 오다니…… 역시 이름은 날리고 볼 일이야.”

그런 루하를 보며 설란이 핀잔을 준다.

“겨우 이런 거에 신날 때가 아니지 않니?”

“신날 때가 아니라니?”

“기껏 힘들게 가져온 표물은 죄다 남궁세가에 빼앗기게 생겼고, 잃어버린 하나는 사왕의 손에 들어갔고…… 지금 제갈세가는 거의 초상집이나 다름없는 상황인데 어쨌거나 손님이면 눈치껏 분위기 좀 살펴야 하지 않겠어?”

“그거라면 나도 좀 애석해하고 있거든?”

“네가 웬일로 남 일에 애석씩이나?”

“남 일이 아니니까.”

“남 일이 아니라니?”

“난 나름 꽤 기대를 하고 있었다고. 팔공산에서 내 활약이 어디 보통 활약이었냐고. 하나를 잃어버리긴 했지만 나 덕분에 두 개라도 챙겨올 수 있었던 데다 은형대 무사들도 다 나 덕분에 살았다고 해도 과언이 아니잖아. 그런 만큼 고마움의 성의 표시 정도는 따로 해 주지 않을까 했었는데, 표물이 홀라당 남궁세가에 넘어가는 바람에 아예 말도 못 꺼내게 생겼잖아.”

“그러니까 네가 애석하다는 게 겨우 성의 표시를 못 받게 생겨서야?”

"무슨 그런 섭섭한 말씀을. 그거 하나 때문만은 아니지!"

"그럼 또 뭔데?"

"표행단이 남궁세가로 가는 바람에 이게 표행이 끝난 것도 아니고 안 끝난 것도 아니고, 애매하게 돼 버렸잖아. 그렇다고 혼자만 표행 끝냈다고 가 버릴 수도 없는 노릇이고. 한시라도 빨리 의선가로 달려가야 할 판국에 답답하게 이게 뭐냔 말이지."

"그거라면 신경 쓸 필요 없어. 들어보니까 표행단은 제갈 공자가 남궁세가에 도착하고 바로 해산시켰다나 봐."

"그래?"

"응. 그리고 나도 일단은 의선가로 돌아가겠다고 이미 말씀드렸고. 어차피 지금 상황에선 여기서 연구를 진행하는 건 불가능한 상황이기도 하니까. 그러니까 당장 내일이라도 의선가로 떠나는 데는 아무 문제없어. 그래도…… 고마워."

그렇게 말하며 어딘지 조금 감동받은 표정을 하는 설란이다.

어리둥절해서 물었다.

"응? 뭐가?"

"난 니가 매일 결혼이니 뭐니 자꾸 장난만 치길래 천향일 그렇게 걱정하고 있는 줄 전혀 몰랐어."

"응?"

"의선가로 빨리 가고 싶다며?"

"응. 근데?"

"그거 내 동생 걱정해서 그런 거 아냐?"

"아!"

"아? 아니었어?"

"아, 아니긴! 다, 당연한 거 아냐? 내가 사랑하는 사람의 동생 일인데 걱정하는 게 당연한 거지!"

사실 걱정 안 했다.

눈곱만큼도 신경 안 쓰고 있었다.

그는 그저 한시라도 빨리 의선가로 달려가서 설란과의 정혼을 허락받고 싶었던 것뿐이다. 하지만 설란의 감격해하는 눈망울을 보자니 차마 사실대로 말할 수가 없다.

"암! 니 동생이 곧 내 동생인 건데, 어떻게 걱정을 안 하겠어? 너도 알다시피 내가 생색내고 그러는 거 별로 안 좋아하는 사람이라 말은 안 했지만, 니 동생 병 고칠 방법 생각하느라 요즘 잠도 잘 못 자. 나란 남자 원래 그렇게 속 깊은 남자란 말이지. 하하하."

생색내는 거 별로 안 좋아한다는 말로 생색을 내고 있는 루하가 좀 한심하게 보이기도 했지만, 어쨌든 동생에 대한 마음 씀씀이는 고맙기만 한 설란이다.

자연히 루하를 보는 눈길은 부드러웠고 입가의 미소는 포근했다.

물론 루하의 속마음을 알았다면 부드러운 눈길은 표독스러워지고 포근한 미소는 사납고 앙칼지게 변했겠지만, 뭐 어떠랴. 진실이야 언제나 침묵 속에 묻히기 마련인 것을.

'역시 사실대로 말하지 않기를 잘했어.'

거짓이란 쓰디쓴 진실보다 달콤하다는 걸 새삼 깨닫는 루하였다.

* * *

"그러니까 이제 삼절표랑은 삼봉오룡과 같이 묶을 급이 아니라니까!"

사내가 입에 물고 있던 안주 파편을 마구 튀겨 대며 언성을 높였다.

사내와 대작을 하던 다른 사내가 어이없다는 듯 되물었다.

"삼봉오룡과 묶을 급이 아니면? 그럼 정도십이천이라도 가져다 대야 한단 말인가?"

"당연하지! 녹림칠패와 맞먹는 잔혹도마였는데 그런 잔혹도마를 죽였으니 당연히 정도십이천과 묶어야지!"

“무슨 말도 안 되는 소릴…… 듣자 하니 약관도 안 지난 어린애라던데 그런 어린애를 정도십이천과 같이 묶으면 그건 정도십이천에 대한 모독이지.”

그때 옆 식탁에서 그들의 대화를 듣고 있던 사내가 끼어들었다.

“무림에서 나이가 무슨 상관이겠소? 강하면 장땡이지.”

그때 또 다른 식탁에서 그 사내의 말을 반박했다.

“아무리 강하면 장땡인 무림이라고 해도 저분 말씀대로 그건 정도십이천에 대한 예의가 아니죠. 그럴 바에야 차라리 녹림칠패와 정도십이천을 따로 구분하듯이 표사도 따로 분류하는 게 맞지.”

“하긴, 사실 표사라는 게 정사 어디에도 끼워 넣기가 애매한 위치이긴 하지.”

“그럼 표왕 정도로 불러야 하나?”

“천룡표국과 대륙표국의 국주가 건재한테 표왕이라 부르는 건 좀 아니지 않소?”

“그럼 표국삼왕 정도로 부르면 되려나?”

“표국삼왕? 어감이 별론데요?”

그렇게 하나둘 끼어들기 시작하자 어느 순간부터는 객잔 안 식객들이 죄다 대화에 동참해서는 왁자지껄 떠들어 댔다.

흔한 풍경이었다.

대륙 전역 어디든 누군가 삼절표랑에 대한 대화의 물꼬를 트면 그 주변은 삽시간에 사람들이 모여들어 갑론을박을 해 대기 일쑤였다.

그런 분위기였다.

바야흐로 삼절표랑의 전성시대.

그렇게 왁자지껄 시끄럽게 변한 객잔 안에서 유독 한 식탁만큼은 그들의 대화에 동참하지 않고 있었다.

두 명의 사내였다.

하나는 딱 보기에도 상당히 지체가 높아 보이는 귀공자였고 다른 하나는 얼핏 표사의 복색을 하고 있었지만 그럼에도 그 복색이 꽤나 화려한 사내였다.

그런데 어쩐 일인지 표정들이 좋지 못했다.

뭔가 못마땅한 듯 불쾌한 기색을 여지없이 드러내고 있었다.

그럴 수밖에.

두 사내 다 지금 들려오는 대화와 무관하지 않았다.

하나는 저들이 찧고 까불고 있는 정도십이천을 아비로 뒀으며 삼봉오룡의 일인이기도 한 남궁세가의 소가주 남궁무영이었고, 다른 하나는 루하와 이번 표행에서 악연으로 맺어진 위진표국의 부국주 위서진이었던 것이다.

그들은 제갈세가로 향하는 길이었다.

남궁무영은 남궁세가를 대표해서 환혼혈강시의 일을 논의하기 위해서였고, 위서진은 표행단이 모두 해산된 중에도 어떻게든 이 기회에 남궁세가와의 인연을 만들어 두고자 굳이 안 해도 될 남궁무영의 수행을 자처한 것이었다.

그러니 삼절표랑을 정도십이천에 비교하는 것도, 그를 지나치게 높이 추켜세우는 것도 못마땅하기만 한 그들이었다.

남궁무영이 불쾌한 기색을 숨기지 않은 채로 위서진에게 물었다.

"자네, 삼절표랑을 만나 보았다고 했지."

"예. 표행단에 같이 있었으니까요."

"그래, 어떤 자인가? 저자들의 말대로 정말 그렇게 대단한 인물인가?"

남궁무영의 물음에 위서진이 펄쩍 뛰었다.

"아닙니다. 어림도 없는 소립니다. 물론 한가락 하는 실력이야 있었습니다. 검도 제법 날카로웠죠. 하지만 잔혹도마를 죽이다니? 정도십이천이라니? 말도 안 되는 소립니다. 필경 소문이 과장되었거나 뭔가 다른 사정이 있었던 것이 분명합니다. 그런 꼬맹이가 무슨…… 절대로 그럴 리가 없습니다. 그건 그놈과 직접 검을 겨뤄 본 제가 누구보다 잘 압니다!"

"직접 검을 겨뤄 봤다고?"

"예! 도중에 삼원표국의 국주가 끼어들어서 승부를 보지는 못했지만 그렇지 않았다면 맹세코 제가 그놈의 목을 베었을 것입니다!"

위서진의 자신에 찬 말에 남궁무영이 '그럼 그렇지' 라는 표정으로 입꼬리를 말아 올렸다.

"결국 다 헛소문이라는 거군. 하긴, 소문이란 게 다 그렇지. 없는 사실은 있게 만들고 있는 사실은 부풀리고."

"예. 바로 그런 겁니다. 정도십이천이라니? 삼봉오룡이라니? 그딴 놈이 무슨…… 당치도 않은 소리죠!"

"그래도 소문에는 뒷배가 꽤 있는 모양이던데?"

"뒷배요? 그딴 놈이 뒷배는 무슨…… 아, 그러고 보면 뒷배가 없지는 않은 모양이더군요. 의선가의 장녀와 깊은 사이인 걸 보면."

듣고 있던 남궁무영의 눈이 반짝였다.

"의선가의 장녀와 깊은 사이라고? 의선가의 장녀라면 휘아우와 정혼 얘기가 오간다고 했던 것 같은데?"

"그러니까 말입니다. 표행 내내 아예 둘이서 찰싹 붙어 다니는 바람에 제갈 공자만 닭 쫓던 개 신세가 된 거죠. 그 자식한테 뭔가 든든한 뒷배가 없다면 그런 절색의 미녀가 어디 가당키나 한 일이었겠습니까?"

"그렇게 절색이던가?"

"말해 뭐하겠습니까. 아무리 검향선녀의 딸이라지만 사람이 어떻게 그렇게도 예쁠 수가 있는지…… 제가 만난 여인들 중에서 지금까진 삼원표국의 도 국주가 단연 최고였는데 예 소저에 비하면 초승달과 만월의 차이 정도라고 해도 과언이 아닐 지경이었습니다."

"호오. 그래?"

도하연은 남궁무영도 이미 만나 보았다.

위서진과 마찬가지로 그 역시 지금까지 만나 본 여인들 중에 도하연이 최고였다.

'그런데도 도 국주를 초승달로 만들 정도의 미모라는 건가?'

의선가 장녀의 미색이 빼어나다는 소문이야 익히 들었지만 이렇게 비교해서 들으니 새삼 궁금해진다.

"아무튼 뒷배가 상당하지 않은 다음에야 의선가의 장녀가 그런 놈을 가까이할 리가 없다는 말씀이죠."

위서진의 말은 이제 귀에 들어오지 않았다.

삼절표랑에 대해서도 더는 생각이 가지 않는다.

지금 이 순간 위서진의 말을 한 귀로 흘리는 남궁무영의 눈은 어떤 기대감으로 음험하게 빛나고 있었다.

"오랜만에 뵙습니다. 숙부님."

제갈문과 마주한 자리, 남궁무영이 공손히 포권을 취해 보였다.

"그렇구나. 그동안 가문들 간에 여러 오해들이 있었으니…… 그래. 형님께선 강녕하시느냐?"

"예. 너무 건강하셔서 탈입니다. 숙부님도 그간 평안하셨습니까?"

"나야 평안할 수가 없지. 형제처럼 가까이 지내던 남궁세가와 제갈가가 그간 서로에게 칼을 겨누었는데 어찌 내가 평안할 수가 있겠느냐."

"그건 아버님도 늘 애석하게 생각하고 계셨습니다. 그래서 이참에 두 가문이 다시 가까워질 수 있는 계기를 만들고자 이렇게 저를 보내신 것이구요."

제갈문이 웃었다.

환하게 웃고 있었지만 그 마음은 결코 기꺼울 수가 없다.

가까워질 계기가 정확히 어떤 것을 말하는지는 모르지만 이것 한 가지는 분명했다.

그 계기를 위해 제갈세가의 무한한 양보와 굴욕을 요구해 올 것이라는 것.

그럼에도 거부조차 할 수 없는 처지라는 것.

남궁세가가 제갈세가의 목숨 줄을 틀어쥐고 있는 상황이니까.

“그래서 형님께서 뭐라 하시던가?”

“아버님께선 제갈세가에서 이렇게 큰일을 준비하고 계셨다는 것에 크게 놀라셨습니다. 제갈세가처럼 냉철한 곳에서 무림의 금기를 건드릴 줄 누군들 상상이나 했겠습니까? 물론 사사로운 이득을 취하고자 함이 아니었다는 것은 충분히 인지하고 계십니다. 그것이 무림의 금기이기는 하나 어떻게 사용하느냐에 따라서 무림사에 다시 없을 큰 업적이 될 수 있다는 것도 인정하고 계십니다. 그래서 제갈세가가 하고자 하는 일이 숭고한 뜻을 위해서라면 그 숭고한 뜻에 남궁세가도 동참하겠다 말씀하셨습니다.”

남궁무영의 말투는 동참을 청하는 것이 아니라 고압적인 태도로 동참을 통보하는 것이었다.

어차피 그 정도는 각오했던 일이다.

“그래서? 어떤 식으로 동참을 하시겠다더냐?”

“일단 연구는 양가가 공동으로 하되 연구 장소는 남궁세가에서 하는 편이 좋겠다 하셨습니다.”

그 또한 짐작했다.

이미 수중에 들어온 물건을 다시 내어 줄 리가 없었다.

하지만 이어진 남궁무영의 말은 그의 눈살을 절로 찌푸

려지게 만들었다.

"그런 차원에서 이번에 도착한 두 구도 저희 남궁세가로 가져가는 게 마땅하다 생각합니다. 어차피 나누는 것보다 하나로 모아두는 것이 관리도 편하고 위험부담도 줄어드니까요."

틀린 말은 아니다. 하지만 듣는 입장에서는 있는 것 모두를 탈탈 털어 가겠다는 도둑놈 심보로밖에 들리지 않았다.

제갈문은 울컥 올라오는 화를 비릿한 웃음으로 삼키며 말했다.

"하나, 이 일을 진행함에 있어 먼저 선결되어야 하는 문제가 있다."

"팔공산에서 잃어버린 한 구를 말씀하시는 거겠죠?"

"그렇지. 일단 그것부터 처리가 되어야 할 터, 형님께선 무어라 하시더냐?"

"누구의 손에 들어갔는지는 아직 확인이 되지 않고 있지만 누가 되었든 사왕의 수중에 들어간 이상 필경 협박이든 협상이든 그쪽에서 먼저 말을 꺼내올 것이니 그건 그때 가서 논하자고 하셨습니다. 다만 만일의 경우, 그쪽에서 과한 욕심을 부리거나 깔끔하게 무마될 수 없는 상황이 벌어진다면 제갈세가와 남궁세가가 가진 모든 힘을 다해서 철저하게 입막음을 해야 할 것이라고 하셨습니다."

"토벌이라도 해야 한단 말이더냐?"

"당연히 해야죠. 이제 이건 제갈세가만의 일이 아닙니다. 자칫하면 전 무림의 지탄이 우리 남궁세가에게도 향하게 될지 모르는 일입니다. 위험 요소는 철저하게 제거해야지 않겠습니까?"

남궁무영의 말은 단호하고 당당했다.

그 당당한 눈빛을 보며 제갈문은 쓴물이 목구멍을 타고 올라오는 것을 느꼈다.

필요하다면 사왕도 토벌할 것이라는 그 말이 자신의 입에서는 절대로 나올 수 없다. 저 당당함이 아들 제갈휘의 것이 될 수도 없다.

남궁세가이기에 가능하다.

정도십이천의 일인이기에 가능하고 그런 아비를 두었기에 가능하다.

그 차이를 극복하고자 얼마나 절치부심했던가.

마치 화수분처럼 튀어나오는 남궁세가의 무골무재들을 보며 타고난 혈통과 재능의 차이에 얼마나 좌절했던가.

이제 겨우 그 차이를 극복할 기회를 얻었건만 결국 남궁세가로 인해 그 기회마저 또 빼앗겨 버렸다.

어깨는 처지고 마음은 무너진다. 이 순간 제갈문은 십 년은 더 늙어 버린 듯 초췌했다.

그런 제갈문을 보며 남궁무영의 입가에 찰나간 보일 듯 말 듯한 미소가 스쳐 갔다. 하지만 그도 잠시, 이내 그 미소를 공손함으로 감추며 말을 덧붙였다.

"아, 그리고 한 가지 더……."

"전할 말이 더 있더냐?"

"듣자 하니 의선가의 장녀가 이곳에 머물고 있다 들었습니다."

"그래서?"

"어차피 연구를 위해 청한 것이 아닙니까? 그리고 그 연구 장소가 이제는 남궁세가로 바뀌었구요. 그러니 의선가의 장녀도 저희 남궁세가로 모셔가야 하지 않겠습니까?"

"하나…… 그건 내가 임의로 정할 수 있는 일이 아니다. 어디까지나 의선가 장녀의 뜻에 달린 것이지."

"당연히 그렇겠지요. 그래서 만나 뵙고 그 뜻을 여쭈어 보고자 하는데, 허락해 주시겠습니까?"

이번에도 허락을 구하는 것이 아니다.

말투는 공손했지만 그 속에 담긴 뜻은 명백한 강요였다. 아니, 그건 차라리 명령이라 하는 게 맞았다.

모욕감에 살심이 뭉클 올라왔지만 이 또한 참았다.

'언제고…….'

기회는 있을 것이다.

제갈세가가 남궁세가의 위에 올라서서 오늘의 모욕을 되갚아 줄 날이.

내 대가 아니어도 좋다.

나 다음, 또 그 다음이어도 좋다.

수백 년을 참아왔는데 다시 수백 년인들 못 참을까.

그러기 위해서는 살아남아야 했다.

"은형대주는 거기 있느냐?"

"예."

"여기 조카분을 귀빈청으로 모셔 드리거라."

* * *

'호오! 이건 듣던 것보다 더한 미인이지 않은가!'

인피면구를 벗고 본연의 모습으로 나타난 설란을 보며 남궁무영은 새삼 감탄했다.

위서진이 왜 예설란과 빗대어 도하연을 초승달이라 하였는지 알 것 같았다.

천하의 미남자인 옥면금선 제갈휘가 왜 주변에 널린 그 숱한 미녀들을 놓아두고 그녀에게 목을 맸는지 그 심정을 알 것 같았다.

'한데…….'

남궁무영의 눈이 설란의 옆, 루하를 향했다.

'이자는 왜 예 소저의 처소에 있는 거지?'

날이 저문 시각이었다.

은형대주 이도명의 안내를 받아 설란의 처소에 들 때부터 이 안에 있었다.

'삼절표랑과 예 소저가 깊은 사이란 얘기는 들었지만 엄연히 남녀가 유별한데 설마하니 혼례도 치르지 않은 남녀가 같은 방을 쓸 리는 만무할 테고…….'

그렇잖아도 삼절표랑에 대해서는 궁금했던 참이다.

날카롭게 루하를 위아래로 훑어가는 남궁무영의 눈빛에는 적의와 호기심이 공존하고 있었다.

하지만 루하는 그러거나 말거나였다.

애당초 남궁무영에게는 눈길조차 주지 않고 있었다.

지금 이 순간 그의 관심사는 오직 남궁무영의 뒤에서 이도명과 나란히 시립해 있는 한 사내에게 집중되어 있었다.

위서진이다.

저 재수 없는 낯짝을 어찌 잊을까?

표행 내내 사사건건 자신을 엿 먹인 것으로도 모자라 급기야 용골에서는 절벽으로 떨어지는 그를 뿌리쳐 버리기까지 했었다.

그 바람에 자칫하면 목숨을 잃을 뻔했다.

비록 그 덕에 조화지기를 완성할 수 있었지만 그때를 생각하면 아직도 머리에서 열불이 날 지경이다. 그 철천지원수 같은 인간이 지금 이렇게 버젓이 자신의 눈앞에 나타났으니 지금 루하의 들끓는 살심이야 오죽하겠는가.

'저 개자식이 아직도 살아 있었단 말이지?'

도적들에게 쫓기며 표행단의 피해가 컸다기에 혹시나 화를 당하지 않았을까 생각했다. 천벌을 받아 마땅한 인간이니 그렇게 천벌이 내려지지 않았을까 내심 기대를 했다.

그런데 역시 저런 인간일수록 목숨은 질긴 모양이다.

'아니면 내 손으로 직접 천벌을 내리라는 하늘의 뜻이든가.'

자연 루하의 눈빛은 살기가 등등할 정도로 사나웠다. 그 사나운 눈빛에 움찔하는 위서진이지만 그것도 잠시, 남궁무영을 믿고는 오히려 고개를 빳빳이 쳐든다.

그렇게 엇갈리는 관심들 속에서 설란이 먼저 입을 열었다.

"남궁세가의 소가주님께서 저를 보자고 하신 용건이 무엇인가요?"

설란의 질문에 그제야 루하에게서 시선을 거두고 다시 설란을 보는 남궁무영이다.

"제가 이렇게 예 소저를 뵙고자 한 건 다름이 아니라 예 소저를 남궁세가로 모시기 위해서입니다."

"……."

"아시다시피 지금 표물은 남궁세가에 있습니다. 앞으로는 남궁세가에서 관리하기로 제갈세가와도 이야기가 끝난 상황이구요. 그러니 의선가가 제갈세가와 맺은 밀약 역시 이제 남궁세가와 의선가의 밀약으로 바꾸어야 하지 않겠습니까?"

"그렇게 간단히 정리할 수 있는 문제는 아니에요. 의선가가 제갈세가와 밀약을 맺은 것은 양 가문 사이에 오랜 교분을 바탕으로 신뢰가 쌓여 있었기에 가능했던 거예요. 하지만 남궁세가는 다르죠. 교분도 신뢰도 바탕에 있지 않으니까요."

"신뢰라면 남궁세가의 이름만으로 충분하다 생각합니다만?"

"하지만 그 이름만을 믿고 진행하기에는 너무 위험한 일인 것도 사실이죠."

남궁무영이 눈살을 찌푸렸다.

입가에 걸려 있던 자신만만하던 미소가 살짝 비틀어졌다.

좀처럼 대화의 간극이 좁혀지지 않는다.

부드럽게 대화가 오가고는 있었지만 설란에게선 날 선 경계만이 느껴질 뿐이다.

그것이 불쾌한 남궁무영이다.

제갈세가는 되고 남궁세가는 안 된다니?

살아오면서 누군가에게 자신의 뜻을 거절당해 본 적이 없는 그로서는 설란이 펼쳐 놓은 단단한 경계가 무시와 시건방짐으로밖에 보이지 않았다.

'반반한 얼굴 하나 믿고 주제도 모르고 까부는 계집이로군.'

고작 의선가 따위가.

감히 대남궁세가를 상대로.

그리해 남궁무영의 태도가 지금까지와는 달리 차갑게 변했다.

"의선가는 어차피 발을 뺄 수 있는 상황이 아닐 텐데요? 이제 와 걸음을 물리기에는 너무 멀리 왔다 생각지 않으십니까?"

"무슨 말씀이시죠?"

"이 일에 동참하기로 한 이상 어차피 남궁세가와 제갈세가, 그리고 의선가는 운명을 같이해야 한다는 말씀입니다. 한 배를 탄 이상 비난도 찬사도 같이, 죄의 무거움도 셋이서 똑같이. 그렇게 나눠지지 않으면 무게를 덜 진 자의 것을 다른 둘이 감당해야 할 테니까요. 게다가 자칫하면 무게추가 기울어져 배가 뒤집히는 사태가 발생할 수도 있고."

"……."

"저희 아버님은 신중하신 분입니다. 가문에 위험이 되는 것은 그것이 무엇이든 용납하지 않죠. 그 일환으로 사왕의 토벌까지도 계획하고 계십니다. 이유는 물론 말씀 안 드려도 아실 테죠?"

안다.

입막음.

굳이 지금 그 말을 자신에게 하는 이유도 알고 있다.

의선가도 그 입막음의 대상이 될 수도 있다는 것을 우회적으로 말하고 있는 것이다.

"지금 저를…… 협박하시는 건가요?"

"협박이라니, 당치도 않습니다. 녹림도와 의선가는 신분이 다르고 입장이 다른데 어찌…… 하지만 세상에는 명분 없는 죽음들이 참 많죠. 또한 흉수도 이유도 밝혀지지 않은 죽음들도 참 많구요. 어떤 일이라도 벌어질 수 있는 게 무림이란 곳이니 서로서로 조심해서 나쁠 것이 없다는 말씀을 드리는 겁니다."

협박이 아니라고 했지만 명백한 협박이다.

아무리 의선가가 무림의 무문은 아니라고 해도 그래도 수백 년을 무림 최고의 의가로 이름을 날려 온 가문이다. 남궁세가가 무뢰배처럼 함부로 굴어서는 안 되는 곳이었다.

설란이 입술을 깨물었다.

그 도를 넘은 안하무인에 분노와 모욕감으로 눈가가 파르르 떨렸다.

그런데 그때였다.

"야, 이 개자식아! 이게 어디서 개수작질이야!"

난데없이 옆에 있던 루하가 버럭 소리를 지르더니 위서진에게 주먹을 날려 버렸다.

뻐억!

턱뼈라도 부서지는 듯한 둔탁한 소리가 들리고,

"쿠억!"

아닌 밤중에 홍두깨 격으로 난데없이 봉변을 당한 위서진이 문밖으로 쿠당탕거리며 나뒹굴었다.

"왜 그래?"

"이게 무슨 짓이오!"

설란과 남궁무영이 거의 동시에 물었다.

"아니, 저 개자식이 아까부터 음흉한 눈으로 계속 널 힐끔힐끔거리잖아! 감히 내 여자를! 저딴 개자식이! 어디서 감히 길거리 창기 보듯 하냔 말이야!"

"내, 내가 언제 그랬단 말이오!"

난데없는 봉변에 정신이 없는 중에도 얼굴을 부여잡고는 억울하다는 듯 외치는 위서진이다.

그로서는 정말로 억울했다.

음흉한 눈으로 설란을 힐끔거리다니? 길거리 창기 보듯 하다니?

그런 적 없다. 그는 지금까지 혹시라도 뭐라도 건질 게 없나, 그들의 대화에만 온통 신경을 집중시키고 있었다.

위서진으로서는 정말이지 억울하고 분해서 팔짝 뛸 노릇이었다. 하지만 루하에겐 그런 억울함 따윈 씨알도 안 먹혔다.

"닥쳐, 이 개자식아! 용골에서는 날 절벽으로 떨어뜨리더니 이젠 감히 내 여자를 희롱해? 너 오늘 나랑 아주 끝장을 보자!"

루하가 다시 위서진에게로 달려들려 했다.

그때 남궁무영의 입에서 대갈일성이 터져 나왔다.

"그만하시오! 내 일행에게 이 무슨 무도한 짓거리란 말이오? 그대에겐 나 남궁무영이 보이지 않는 것이오!"

남궁무영이 둘 사이에 끼어들자 하얗게 질려 있던 위서진이 눈물까지 글썽거리며 하소연했다.

"남궁 공자님! 소인 정말 억울합니다! 소인은 맹세코 예 소저에게 그런 불손한 마음을 품은 적이 없습니다!"

"이 뻔뻔한 자식이 어디서 발뺌이야!"

남궁무영이 끼어드는 통에 잠시 주춤했던 루하가 다시 득달같이 위서진에게 달려들어 재차 주먹을 날렸다. 하지만 이번엔 그의 주먹이 위서진에게 닿지 않았다.

"그만하랬잖아!"

쾅!

남궁무영이 루하의 주먹을 받아친 것이었다.

루하의 주먹이 충돌의 여파에 튕겨져 올랐다. 주춤 한 걸음 물러서며 신형을 비틀거리기도 했다.

남궁무영은 더했다.

받아친 팔만이 아니라 허리까지 크게 꺾였는가 하면 주춤주춤주춤 세 걸음이나 물러나서야 겨우 신형을 바로잡았다.

루하의 공격은 어디까지나 단순한 주먹질이었다. 살의를 담은 것이 아니기에 내공도 제대로 싣지 않은 상태였다. 반대로 남궁무영은 세상의 찬사에 한껏 기고만장해져서 나설 때 나서지 말아야 할 때도 구분 못 하는 이 물정 모르는 애송이에게 하늘 위에 하늘이 있음을 가르쳐 주고자 제대로 기운을 실었다.

그런데도 힘에서 밀렸다.

'이 무슨…….'

남궁무영이 경악한 표정으로 루하를 본다.

반대로 루하의 얼굴에는 그저 자신의 공격이 방해받은 것에 대한 불쾌함만 가득했다. 이윽고 남궁무영에게로 던지는 눈빛도 불쾌히 빛난다.

뭘까? 이 가슴 서늘함은?

'내가 지금 저딴 녀석에게 겁이라도 먹었다는 말인가?'

그럴 리 없다.

현실 부정.

현실 부정에 이은 것은 분노였다.

이도명이 끼어든 것은 그때였다.

"정 소협, 고정하십시오. 여기는 제갈세가입니다. 저를 봐서라도 제갈세가의 입장을 생각해 주십시오."

그런데 이도명의 저 태도는 또 뭐란 말인가?

엄연히 대남궁세가의 소가주가 옆에 있건만 이 분란의 결정권자가 삼절표랑이기라도 한 양, 자신에게는 아무런 결정권도 없다는 듯한 저 무시하는 태도는 대체 뭐란 말인가?

모멸감이 머릿속을 뒤덮고 분노가 이성을 태운다.

그럼에도 남궁무영은 아무것도 하지 못했다.

애써 부정해 보지만 가슴속에 들어찬 루하에 대한 두려움이 그의 분노를 짓눌러 버린 것이다.

그런 그에게 설란이 말했다.

"남궁세가와 협약을 맺는다고 해도 어차피 지금은 안 돼요. 저는 긴한 일이 있어 급히 본 가로 돌아가 봐야 하니까요. 게다가 이 일은 저 혼자서 결정할 수 있는 일도 아니구요. 본 가에 돌아가는 대로 남궁세가의 뜻을 전하고 의선가의 뜻을 정할 터이니 그 일에 대한 이야기는 오늘은 이쯤에서 마무리했으면 좋겠네요."

더는 할 말이 없으니 이만 물러가라는 완곡한 축객령이다.

거침없이 적의를 드러내는 루하와 은근히 그를 무시하는 이도명, 그리고 더는 볼일 없다는 듯 차갑게 등을 돌리는 설란.

이로써 남궁무영은 완벽히 이 자리에 있어서는 안 되는 불청객이 되어 버렸다.

그 굴욕감이야 어찌 다 말로 표현할 수 있겠냐마는 지금은 물러나야 할 때였다. 아무도 반기지 않는 곳에서 더 미적대는 것은 그저 구질구질한 진상 짓밖에 되지 않는다.

'언제고 오늘의 일을 몇 배로 갚아 줄 날이 있을 것이다!'

거칠게 자리를 털고 일어섰다.

그가 귀빈청을 나오자 급하게 따라 나온 위서진이 다시 한 번 억울함을 호소했다.

"공자, 저는 정말 억울합니다. 저 자식이 지난 은원으로 생사람을 잡는……."

하지만 그의 말은 채 끝나기도 전에 남궁무영의 일갈에 묻히고 말았다.

"닥치거라!"

위서진을 보는 눈빛이 사납다.

"감히 네놈이 그 경박한 행동거지로 날 이렇게 웃음거리로 만들어? 너희 위진표국을 위해서라도 다시는 그 파렴치한 낯짝을 내 앞에 들이밀지 않는 것이 좋을 것이다!"

매몰차게 몸을 돌리는 남궁무영에게선 북풍한설의 냉기가 날렸다. 그간의 갈 곳 잃은 분노가 결국 모조리 위서진을 향하고 만 것이다.

가뜩이나 턱뼈가 나가서 꼴이 말이 아닌 위서진의 얼굴이 그야말로 썩은 호박 뭉그러지듯 일그러졌다.

'이 무슨 개 같은……!'

남궁세가에 잘 보이려고 여기까지 오는 동안 온갖 수고로움을 마다하지 않았건만, 위진표국의 미래를 위해 남궁세가와 좋은 인연을 만들어 두고자 그렇게도 애를 썼건만 그 모든 것이 한순간에 물거품이 되고 말았다.

아니, 물거품 정도가 아니라 오히려 역효과만 났다. 혹시라도 그가 남궁무영의 눈 밖에 난 것이 알려지면 그 피해는 자칫 위진표국에까지 미치게 될지도 몰랐다.

'이게 다 그 자식 때문이다!'

위서진의 눈이 루하가 있는 귀빈청으로 향했다.

'이 개자식이 말도 안 되는 거짓말로 날 이런 꼴을 만들어? 고작 그 알량한 재주 좀 믿고 날 우습게 봤다 이거지?

내가 그렇게 만만했다 이거지?'

살기로 번들거리는 눈빛은 그야말로 원독에 차 있었다.

남궁무영의 분노가 위서진을 향했듯 위서진의 갈 곳 잃은 분노 또한 고스란히 루하를 향하고 있는 것이다.

第九章

저거……

지금 환골탈태하려는 모양인데?

"고마워."

설란의 말에 루하가 어리둥절해한다.

"뭐가?"

"그자를 그렇게 한 거, 나 때문이잖아. 남궁 공자 때문에 내가 곤란해하니까."

"어떻게 알았어?"

"왜 몰라? 네 생각이야 뻔하지, 뭐. 게다가 그자…… 나한테 이상한 시선 보낸 적도 없었고. 그래도 용케 남궁 공자한테 직접 안 터트리고 잘 참았네?"

"마음 같아서야 백 번은 더 두드려 팼지. 지가 남궁세가의 소가주면 소가주지 어따 대고 협박질이야, 협박질은! 진짜 확 그 재수 없는 주둥이를 찢어 버리고 싶었다니까? 근데 어쩌겠어? 어쨌거나 남궁세가고, 어쨌거나 약점을 잡힌 건 의선간데. 대놓고 깽판 쳤다가 그 피해가 고스란히 의선가로 돌아가면 내가 너무 면목이 없잖아."

그래서 만만한 위서진을 대신 택한 것이었다.

"뭐, 그 덕분에 위서진 그 자식 면상 한 번 날려 주고 나니까 십 년 묵은 체증이 다 내려가는 거 같아서 속이 시원하기는 했지만. 흐흐."

어깨를 으쓱하며 별거 아니라는 듯 히죽 웃는 루하를 보며 적잖이 감동받은 설란이다.

항상 막무가내인 것 같으면서도 가끔 이렇게 속 깊은 배려를 해 주는 루하가 고맙기도 하고 듬직하기도 했다. 그러면서도 걱정은 지우지 못한다.

"그래도…… 남궁 공자를 저렇게 건드려 놨으니……."

"괜찮아. 내가 지를 때린 것도 아니고 대놓고 남궁세가를 욕한 것도 아니고, 설마하니 이깟 일로 남궁세가 전체가 나서겠어? 그러기는커녕 지 입으로는 쪽팔려서 어디 가서 말도 못 할걸? 지보다 한참이나 어린놈한테 모욕을 좀 당했기로서니 그걸 어디 가서 떠들고 다니겠냔 말이지. 오히려 지 얼굴에 먹칠하는 것밖에 안 되는데. 뭐, 속으로야 꿍

해 있겠지. 흔해 빠진 말로 '이 빚은 언제고 열 배로 갚아 줄 것이다!' 그렇게 이를 갈고 있을지도 모르고. 딱 보기에도 속이 아주 좁쌀만 해 보이더구만. 근데 뭐? 그래 봤자지, 뭐. 나야 그 인간이랑은 사는 세계가 다른데. 내가 앞으로 남궁세가와 마주칠 일이 뭐가 있다고? 이래 봬도 나, 그 정도는 다 계산하고 있단 말이지."

하긴, 자신한테 들이댈 때나 막무가내지 제 살길 챙기는 데는 누구보다 철저한 인간이지 않던가.

"아무튼 다른 걱정은 말고 일단 내일 날이 밝는 대로 바로 여길 뜨자고. 숲이 짙은 곳에선 오래 쉬는 게 아니라잖아. 괜히 그 자식들이랑 계속 얼굴 마주쳐서 좋을 것도 없을 테고, 제갈세가도 그간 의선가와 신뢰를 쌓아 왔다고 해도 이미 남궁세가에 약점이 잡힌 이상 온전히 믿긴 힘드니까."

설란도 루하의 말에 전적으로 동의했다.

그리해 이튿날 새벽, 둘은 간단한 서찰 한 장만을 남기고 바로 제갈세가를 나섰다.

그렇게 제갈세가를 나서서 의선가로 향하는 길.

'마차는 웬 마차야? 거추장스럽게…… 그냥 말이나 두 필 구해.'

'그럼 인피면구를 다시 쓸래?'

'내가 인피면구를 왜 써야 하는데?'

'인피면구도 안 쓴 채 이대로 가면 객잔에서 식사 한 끼라도 제대로 할 수 있을 거 같아? 세상 남정네들은 죄다 널 음탕한 눈으로 힐끔거릴 텐데? 누차 말하지만 넌 말이야, 너의 미모에 대해서 좀 더 자각할 필요가 있다니까? 너 무자게 예쁘다고.'

마차는 그렇다 쳐도 왜 마부까지 고용한 것인지는 모르겠지만 아무튼 그들은 그렇게 마차에 올라 안휘성을 빠져나가고 있었다.

"흐흐흐흐."

루하가 아까부터 뭐가 그리 좋은지 설란을 보며 음충맞은 웃음을 흘려 댄다.

그 시선이 불편해서 설란이 핀잔을 준다.

"그만 좀 하지? 너 지금 좀 변태 같거든?"

"변태라니! 난 지금 완전 순수하게 즐기는 중이거든? 단둘이 이렇게 여행을 해 본 게 얼마 만이야? 지난번 삼원표국에 갈 때 이후로 처음이잖아. 제갈세가다 뭐다, 이렇게 단둘이서 오붓하게 지낼 시간이 있었느냔 말이지. 말이 나왔으니 말이지만 너 그렇게 의선가로 훌쩍 돌아가 버리고 내가 얼마나 쓸쓸했는지 알아? 허구한 날 방구석 박박 긁으며 외로움에 몸부림을 쳤다니까? 오죽했으면 쟁자수들 표물 정리하는 것까지 도왔겠냐고. 그러니까 간만에 단둘만의 시간을 갖게 되었으니 느긋하게 이 시간을 즐겨 보자고."

"우리 지금 산천 유람 가는 거 아니거든?"

"뭐 어때? 가는 동안만이라도 기분 좀 내자는 건데."

그렇게 말한 루하가 왠지 더 음충맞은 눈빛을 하고는 설란의 옆으로 옮겨 앉는다. 아니, 옮겨 앉는다 싶은 순간 느닷없이 설란의 무릎을 베고 벌러덩 누워 버리기까지 한다.

"무, 무슨 짓이야!"

거의 기겁하다시피하며 놀란 설란이 루하를 밀어내려했지만 밀어내는 손길마저 루하의 손에 간단히 잡혀 버렸다.

"그냥 이대로 조금만 있게 해 주라. 나 사실 어제 한숨도 못 잤어."

제갈세가만 해도 그들에겐 용담호혈이나 다름없는데 거기에 남궁세가마저 건드려 놨다. 불안한 마음이 들지 않는다면 거짓말이다. 아니, 비단 제갈세가에서만이 아니었다. 잔혹도마를 죽이고 자연스럽게 일행의 책임자처럼 되어 버린 후 줄곧 신경을 곤두세우고 있던 루하였다.

누군가의 목숨을 책임진다는 게 얼마나 무거운 건지 누구보다 잘 알고 있는 설란이다. 크게 내색은 안 했지만 그

동안 루하가 정신적으로 얼마나 지쳤을지 충분히 짐작할 수 있었다. 그래서 루하가 잡은 그 손을 차마 뿌리칠 수가 없다.

결국 그대로 두었다.

처음에는 불편했다.

자신의 무릎에 루하의 머리가 닿아 있는 것도, 루하의 얼굴이 자신의 배에 스칠 듯 말 듯 아슬아슬한 경계를 이어가는 것도…… 심장은 정신없이 널뛰고 숨은 턱턱 막혀 온다. 그런데도 숨소리조차 낼 수 없는 그 가슴 떨리는 긴장감이라니.

하지만 그것도 잠시,

새근새근—

정말로 피곤했던 건지 어느새 평온한 숨소리를 내며 잠들어 버린 루하다.

그런 루하를 보고 있자니 마치 그 숨소리에 동화되듯이 설란의 정신없이 널뛰던 심장도 차츰 차분해지고, 가슴 떨리던 긴장감도 봄날 눈 녹듯 스르르 녹아내린다.

그렇게 차분해진 마음으로 루하의 잠든 얼굴을 가만히 내려다본다.

그러고 있자니 조금 전과는 다른, 치열한 떨림이 아니라 봄바람 같은 설렘에 가슴이 두근거린다.

자신도 모르게 섬섬옥수 그 가냘픈 손을 루하의 얼굴로 가져갔다.

먼저 루하의 짙은 눈썹에 닿았다.

손끝에서 느껴지는 간질간질한 감촉이 기분 좋다.

이어서 단단하고 묵직한 콧잔등을 탔고 더 내려가 입술에 닿았다.

만지작만지작.

부드럽고 말랑말랑한 감촉이 재밌다.

재밌기는 한데 왜 이렇게 심장이 떨리는 것일까?

얼굴은 왜 또 화끈거리는 것이며 눈은 왜 자꾸 루하의 입술에 머무르는 것일까?

그 야릇한 느낌이 왠지 부끄러워서 급히 루하의 얼굴에서 손을 뗐다.

그런데 언제 깼던 것일까?

"더 만져도 돼."

루하의 감긴 눈이 스르르 떠진다.

입가에는 기꺼운 미소가 걸려 있다.

심히 당황한 설란이 떠듬떠듬 변명을 했다.

"내, 내가 뭘 만져? 손이 그냥…… 그냥 닿은 것뿐이야."

"그럼 계속 닿은 채로 둬."

루하가 설란의 손을 잡아서는 자신의 입으로 가져가며

다시 눈을 감는다.

가볍게 잡은 손이었다. 뿌리치려고 하면 얼마든지 뿌리칠 수 있었다. 하지만 이 순간 설란은 루하의 손을 뿌리칠 생각도 못 하고 있었다.

어떤 아찔함에 두방망이질 치는 심장이다.

어떤 아득함에 정신마저 혼미해진다.

그때 눈을 감은 채 루하가 말했다.

"우리 결혼하자."

지금껏 지겹도록 들었던 말이었다.

지금까지처럼 호들갑스럽지는 않았지만, 꽃도 반짝거리는 것도 없었지만, 절절한 뜨거움이 가득하지도 않았지만, 오히려 무심하다 싶을 만큼 조용하고 잔잔했지만 손등에 닿는 숨결 때문인지 어떤 따뜻함이 가슴속에서 번져 간다.

두방망이질 치던 심장이 진정되고 아득해지던 정신이 다시 돌아온다.

설란은 아무 말도 하지 않았다.

루하 또한 그저 그로써 좋다는 듯, 설란의 손을 입술에 댄 채 잠을 자듯 가만히 있었다.

그날도 그렇게 루하는 마차에 올라 설란과 달달하고 오붓한 시간을 보내던 중이었다.

그런데 갑작스럽게 마차가 멈췄다.

이대로 시간이 멈춰 버렸으면 했을 만큼 둘만의 시간을 원 없이 즐기고 있던 루하가 짜증스레 마부에게 물었다.

"무슨 일이에요?"

"더는 마차를 달릴 수가 없을 것 같습니다요."

"왜요?"

"그게…… 닭이 길을 막고 있어서요. 내려서 끌어야겠습니다요."

"예? 닭이 길을 막아요?"

대체 이게 무슨 말인가 싶어서 마차 밖으로 나가 보니, 아니나 다를까 마부의 말대로 두 마리의 닭이 마차 앞을 막고 있었다. 마부가 마차를 멈춘 것은 비단 그 두 마리 때문만은 아니었다. 마을 곳곳, 거리 마다마다에 온통 닭 천지였다.

"무슨 마을이 이래? 마을 전체가 커다란 닭장 같잖아?"

황당해하는 루하의 말에 설란이 대답했다.

"계은촌(鷄恩村)이야."

"계은촌?"

"닭을 숭배하는 마을 정도로 생각하면 돼."

"닭을 숭배한다고? 왜?"

"일종의 구전설화 같은 건데…… 은조 시대에 이 마을에

길이가 이백 장이 넘는 지네가 나타나서 사람들을 마구 잡아먹었대나 봐. 그때 수천수만 마리의 닭이 나타나서 지네를 죽여 마을을 구했고 그때부터 닭을 숭배하기 시작한 거지. 마을 이름도 닭의 은혜를 잊지 않겠다는 뜻으로 계은촌이라 짓고. 닭이 이렇게 많아도 이 마을에는 사실 닭 요리가 없어. 닭장도 없고 심지어 닭의 주인도 없어. 마을의 공동 재산인 셈인데, 그래 봤자 매매도 안 되고 요리도 할 수 없어서 실제 공동 재산이라고 할 수 있는 건 계란 정도가 전부야."

"거 참, 별 희한한 마을 다 있네."

서역 어느 나라에선 소나 돼지도 신처럼 받들어 모신다는 말을 듣기는 했지만 그래도 닭은 좀 웃긴다.

"아무튼 여기서 마차를 모는 건 안 돼. 자칫하다 닭을 치기라도 하면 꽤나 곤란한 상황이 발생할 수도 있으니까."

"그럼 여기 마을을 통과할 때까진 걸어 나가야 하는 거야?"

설란이 고개를 끄덕였다.

"응. 엎어진 김에 쉬어 간다고 여기서 끼니나 해결하고 가."

그러고 보니 벌써 오시(午時: 오전 열한 시에서 오후 한 시)가 훌쩍 넘었다.

시간을 인식하고 나니 그제야 루하도 허기가 느껴진다.

“하긴, 마침 출출하긴 하네. 닭 요리가 없다는 게 좀 아쉽긴 하지만, 쩝.”

못 먹는다고 생각하니까 괜히 더 닭고기가 당겨서 절로 입맛을 다시게 된다.

“돼지고기라도 잔뜩 먹어야지. 음, 간만에 오향장육이나 먹을까?”

그렇게 마차에서 내려 객잔을 찾던 루하가 고개를 갸우뚱했다.

“음…… 의외로 도로가 깨끗하네. 온통 닭똥 밭일 줄 알았더니?”

“자유롭게 두는 만큼 다른 관리는 철저한 거지. 그게 또한 계은촌 사람들이 닭을 귀하게 모시는 방법이기도 하고.”

아무튼 그렇게 그들은 가까운 객잔으로 향했다.

객잔에 들어선 루하가 인상부터 썼다.

“아무리 닭을 숭배해도 그렇지, 사람 밥 먹는 데까지 날개를 푸닥거리게 하는 건 좀 너무한 거 아냐?”

아닌 게 아니라, 객잔 안에 당장 눈에 보이는 닭만 해도 세 마리였다.

“밥 먹는데 똥이라도 싸면 그건 또 어쩌고?”

“어쩔 수 없잖아. 우리가 참아야지. 그게 이 마을의 법도니까. 아니면 밥은 다음 마을에서 해결하든가."

"됐어. 걸어서 언제 다음 마을까지 가? 당장 배고파 죽겠는데. 그냥 먹어. 설마하니 감히 내 음식에다 똥을 싸지르기야 할라고. 만일 진짜 그랬담 봐. 법도고 나발이고 아주 모가지를 비틀어 버릴라니까."

그런데…… 안 좋은 예감은 틀리는 법이 없고 불행은 홀로 오지 않는다고 했던가?

주문한 음식이 하나둘 식탁을 채워갈 때쯤 객잔 안 세 마리의 닭 중 한 마리의 움직임이 심상치 않았다.

"저거…… 지금 내 오향장육을 노리고 있는 거 맞지?"

닭의 마음까지야 어찌 알겠냐마는 그 한 마리의 눈이 유독 그들의 식탁에 놓여 있는 오향장육을 향하고 있는 것만은 분명했다. 심지어 그 눈빛은 먹잇감을 발견한 매의 눈빛처럼 매섭고 날카롭기까지 했다.

'닭이…… 돼지고기도 먹나?'

찰나간 그런 의문이 스쳐 가는 사이 아니나 다를까, 연신 고개를 앞뒤로 까딱까딱거리던 닭이 돌연 날개를 파닥거리며 그들의 식탁으로 뛰어올랐다. 그러더니 주인 허락도 없이 대뜸 오향장육 한 점을 집어먹어 버린다.

그 순간 루하의 머릿속에는 정말이지 여러 가지 생각들이 한꺼번에 교차했다.

'닭이 왜 돼지고기를 먹어?'

'진짜 돼지고기를 좋아하나?'

'아니, 돼지고기를 좋아하면 좋아했지 지가 뭔데 내 걸 처먹어?'

'이걸 정말 모가지를 확 비틀어 버려?'

'가만, 이 마을에서 닭을 죽이면 무슨 벌을 받는 거지?'

'아니, 이건 내 음식을 먼저 도둑질당한 거니까 정당방위라고 할 수 있지 않나?'

그런 생각들이 교차하는 사이, 식탁에 올라선 닭이 오향장육 한 점을 더 집어먹었다.

이 순간 루하가 할 수 있는 거라곤 신경질적으로 점소이를 불러 대는 것뿐이었다.

"야! 점소이! 이거 어쩔 거야? 얘가 왜 우리 걸 처먹는 건데?"

하지만 다급히 달려온 점소이도 이런 적은 처음인 듯 당황해하는 기색이 역력했다.

"아니, 계공이 왜 돼지고기를 먹죠?"

"그건 내가 묻고 싶은 말이거든? 내 오향장육 어쩔 거야? 아니아니, 그 전에 얼른 이것부터 치워!"

"소, 손님. 이 마을에선 어떤 경우에도 계공(鷄公)에게 손을 대는 건 금지라……. 좀 기다리시면 계공이 내려오실 테니 그때 다시 새로 음식을 내어 오도록 하겠습니다요."

"그럼 애가 식사 끝날 때까지 우리더러 그냥 이대로 마냥 기다리라는 거야? 이건 내가 내 돈 주고 주문한 내 음식인데?"

게다가 '계공'이라니? '내려오실 테니'라니?

이건 그야말로 상전이 따로 없지 않은가.

'아무리 은혜를 입었다고 해도 이 무슨 같잖지도 않은 짓거리냐고!'

결국 참다못해 한마디 하려는데, 그때였다.

상황이 갑자기 급변했다.

"꾸에에에에엑!"

루하의 오향장육을 허락 없이 무전취식 중이던 닭이 돌연 비명을 질러 대더니 그 자리에서 푹 꼬꾸라지며 부들부들 떨기 시작하는 것이었다.

순간 설란이 외쳤다.

"독이야!"

"뭐?"

"독을 먹은 거야. 누가 음식에 독을 탔어!"

설란의 말이 떨어지기가 무섭게 상황 파악을 끝낸 루하가 곧바로 객잔의 주방으로 달려 들어갔다. 그런 그의 시야에 주방 뒷문으로 빠져나가려는 한 사내가 보였다.

'저 자식이 범인이다!'

루하가 그 즉시 몸을 날려 사내의 목덜미를 낚아챘다.

자신의 목덜미를 루하가 낚아채자 사내가 반사적으로 루하에게 팔꿈치를 휘둘러왔다. 하지만 어림없었다. 사내의 팔꿈치를 간단히 피하고는 사내의 목덜미를 쥔 채로 그대로 들어 올려서 바닥에 패대기를 쳐 버렸다.

콰앙!

"쿠억!"

어찌나 강하게 패대기를 쳤는지 몸이 튕겨져 올라올 지경이었다. 그렇게 튕겨져 올라오는 사내의 멱살을 틀어쥐고는 살기등등한 눈빛으로 물었다.

"너지? 우리 음식에 독을 탄 게 너 맞지?"

한 번의 패대기질에 이미 기가 꺾여 버린 사내가 잔뜩 겁먹은 얼굴로 울먹였다.

"사, 살려주십시오, 나으리. 소, 소인은 그저 시키는 대로 한 것뿐입니다요."

알고 있다.

딱 보기에도 그냥 주방에서 허드렛일이나 하는 자였다. 이런 흉악한 일을 계획할 만한 위인이 아니었다.

"누구야?"

"저, 정말입니다요. 소인은 정말 그게 뭔지도 몰랐습니다요. 그저 은자 이백 냥을 주길래 그만 눈이 돌아가서…… 그냥 미혼약이라고만 해서…… 그 공자가 그저 저 소저분께 음심이나 품고 있는 거라 그렇게 생각하고…… 정말로 그 병에 든 게 독일 줄은 꿈에도 몰랐습니다요!"

"그러니까 그게 누구냐고! 사주한 자가 누구냔 말이야!"

"모, 모릅니다요. 아까 마구간에서 한 번 본 게 전분데 죽립으로 얼굴을 가리고 있어서 얼굴도 잘……."

사내의 말이 끝나기도 전에 루하가 마구간으로 달려갔다.

하지만 없었다. 이미 멀리 달아나 버린 모양인지 흔적조차 보이지 않았다.

당연한 일이었다. 그런 흉악한 일을 꾸미고 그 자리에 그대로 남아 있을 리가 만무했다.

결국 허탕을 치고 돌아오자 설란이 물어왔다.

"어떻게 됐어?"

"독을 탄 놈은 잡았지만 사주한 놈은 놓쳤어. 독을 탄 놈은 더 추궁해도 나올 게 없을 것 같아서 그냥 객잔 주인에게 관아에 넘기라고 맡겼고."

"그럼 사주한 자가 누군지는 모르는 거야?"

루하의 말에 설란이 곤란한 표정을 했다.

"사주한 자를 밝히지 못하면 앞으로 두고두고 후환거리가 될 텐데…… 또 언제 우리한테 독수를 펼쳐올지 모르잖아?"

"괜찮아. 짐작 가는 놈이 있으니까."

죽립을 쓰고 있어 얼굴은 정확히 보지 못했다고 했지만 공자라고 칭한 것을 보면 일단 젊고 행색이 좋았다는 뜻이었다. 그리고 자신에게 원한을 갖고 있는 자들 중에 그 조건에 부합되는 자는 딱 두 명밖에 없었다.

"누군데?"

"남궁세가의 소가주와 위진표국의 위서진."

"남궁세가의 소가주는 아닐 거 같은데? 아무리 우리랑 좀 불쾌한 일이 있었다지만 차라리 칼을 뽑았으면 뽑았지, 대남궁세가의 소가주가 그 정도 일에 독을 사용했을 리가 없어."

"맞아. 그래서 이런 짓을 할 놈은 위서진 그놈뿐인 거지."

그렇다곤 해도 이건 좀 도가 지나쳤다.

독살이라니? 이렇게 깊은 원한을 품고 있었다는 것은 정말이지 이해불가다.

그도 그럴 것이, 목숨의 빚을 진 건 오히려 루하였다.

죽이고 싶은 마음도 루하가 백배 천배 더 컸다.

아무리 은원이라는 게 같은 일이라도 사람에 따라 상황에 따라 입장에 따라 받아들이는 크기가 달라지는 거라지만,

'이 무슨 적반하장이냔 말이야!'

생각하면 할수록 분통이 터진다.

"그래서 이제 어쩔 거야?"

"어쩌긴? 잡아서 아주 가죽을 벗겨 놔야지!"

"네 짐작대로 사주한 자가 그자가 맞다면 분명 남궁세가로 갔을 텐데? 너한테서 가장 안전할 수 있는 곳이 그곳뿐이니까. 그자를 쫓아서 남궁세가로 쳐들어갈 거야?"

설란의 물음에 루하가 선뜻 대답을 못 했다.

세상 무서울 게 참 많이 없어진 루하지만 그래도 남궁세가라는 이름은 부담스러웠다. 게다가 남궁무영과는 불쾌한 일로 얽힌 데다 무엇보다 남궁세가에선 강시의 일로 설란을 욕심내고 있었다. 설란을 남궁세가로 끌어들이기 위해 노골적인 협박까지 서슴지 않았는데 그런 곳으로 설란을 데리고 갈 수는 없는 노릇이었다.

'그렇다고 나 혼자서 호랑이 아가리 속으로 머리를 들이밀 수도 없고.'

명색이 명문정파인데 설마하니 독살까지 계획했던 자를 감쌀까 싶으면서도 영 못 미덥다. 애초에 소위 명문이니 정파니 떠들어 대는 것들에 대한 믿음 자체가 없다.

"당장이라도 그 자식을 쳐 죽이고 싶지만 그래도 남궁세가에는 안 갈 거야. 뭔 짓을 당할 줄 알고 거길 가? 어차피 지금이 아니라도 기회는 또 있을 테고. 제깟 게 날 피해 봐야 얼마나 오래 피할 수 있겠어? 정 안 되면 위진표국부터 족쳐 버리든가."

"그러다 그 사이에 다시 또 독을 써 오면?"

"뭔 걱정이야? 어차피 나한테 독 같은 건 통하지도 않을 텐데? 니가 전에 그랬잖아? 목의 기운이 깨어난 이상 난 이제 거의 만독불침일 거라고. 이젠 어지간한 독은 통하지도 않을 거라고."

루하의 말에 설란의 고개를 저었다.

"아니, 장담 못 해."

"아니, 왜?"

"그자가 쓴 건 어지간한 독이 아니니까."

"……?"

"이건 고독충이야. 독이기도 하고 독이 아니기도 해. 그래서 목의 기운으로 정화가 될지 나도 장담할 수 없어."

"고독충이란 게 뭔데?"

"남만에서 나는 벌레야. 얘가 우리 음식을 먹은 것도 얘 눈에는 고독충도 벌레로 보였던 거겠지. 고독충은 그 자체로는 아무런 독도 없지만 사람의 몸속으로 들어가게 되면 신경을 갉아먹으면서 번식을 해. 그리고 고독충에 당한 사람은 사흘 동안 염화지옥 같은 고통에 시달리다 칠공에서 피를 토하며 죽게 되고."

듣고 보니 가슴이 서늘해져 온다.

그런 한편으로 화가 치민다.

"그럼 위서진 그 개자식이 나한테 이 지독한 걸 먹이려 했단 거 아냐?"

"자칫했으면 나도 그렇게 될 뻔했지. 넌 목의 기운 때문에 무사했을지 몰라도 나는 결국 고독충의 먹이가 되었을 거야."

"흥! 무슨 일이 있어도 내가 너 죽게 안 놔둬!"

루하의 단호한 말이 참 듬직해서 자기도 모르게 살포시 미소를 떠올리던 설란이 이내 다시 가라앉은 눈빛으로 자신들을 대신해 고독충을 먹은 닭을 본다.

"어쨌든 얘 덕분이야. 얘가 우리를 구한 거야."

눈은 하얗게 뒤집혔고 입에서는 고름인지 침인지 모를 노르스름한 액체를 흘린다. 온몸을 부들부들 떠는 중에도 한 번씩 격렬하게 몸을 비트는 것이 아직 살아는 있었다. 하지만 살아 있다는 것이 더 불쌍하게 보였다.

"이대로 죽는 거야? 사흘 동안 고통에 시달리다가?"

"크게 다르지 않을 거야. 닭과 사람의 인체는 많은 부분 닮아 있으니까. 그러니까……."

"그냥 죽이자고?"

"그게…… 최선이니까."

최선이라고 말하며 입술을 꽉 깨무는 설란의 눈이 슬프다.

설란의 말대로 그게 최선이었다.

게다가 그래 봤자 닭이었다.

이 마을에서야 신성시 하는 귀물이라지만 여기 말고는 튀김으로도 올라오고 찜으로도 구이로도 올라오는 좋은 식재료일 뿐이다.

그런데도 루하 역시 마음이 무겁다.

그게 단지 인간 본연의 측은지심인 건지 아니면 목숨을 빚진 데 대한 미안함과 고마움 때문인지는 모르겠지만 이대로 목을 치는 것이 영 내키지 않았다.

“살리자.”

루하가 불쑥 그렇게 말했다.

“뭐?”

“까짓 한번 살려 보지, 뭐. 고독충도 목의 기운으로 정화가 되는지 확인도 해 볼 겸. 목의 기운으로 독을 정화시키려면 어떻게 해야 해?”

루하의 질문에 어찌해야 할지 선뜻 결정을 내리지 못하는 설란이다. 하지만 그것도 잠시, 한번 해 볼 만한 시도라 생각이 들었는지 고개를 끄덕였다.

“좋아. 한번 해 봐. 해 보고 안 되면 그때 결정해도 되니까.”

곧바로 루하에게 지시를 내렸다.

"고독충은 육안이나 촉감만으로는 어디에 있는지 확인을 할 수 없어. 그러니까 목의 기운으로 구석구석 어느 한 곳 빠짐없이 모든 신경을 훑어야 돼."

설란의 지시에 루하가 닭의 머리에서부터 천천히, 그리고 빠짐없이 목의 기운을 밀어 넣기 시작했다.

하지만 머리에서 발끝까지, 심지어 발톱에까지 목의 기운을 주입했지만 닭의 증상은 조금도 나아지지 않았다.

루하가 고개를 저었다.

"안 돼. 전혀 효과가 없어. 목의 기운으로는 고독충을 못 죽이나 봐."

"음…… 그럼 차라리 화의 기운으로 태워 볼까?"

"그럴까? 벌레니까 그게 더 효과적이긴 하려나?"

"그래도 화의 기운은 자칫 힘 조절을 잘못하면 신경마저 태워 버릴 수가 있으니까 신중해야 돼. 아주 미세한 기운으로 시작해서 상태를 보면서 조금씩조금씩 끌어올릴 테니까 내 말에 집중해."

설란의 표정은 어느 때보다 진지했고 루하도 사뭇 비장하게 고개를 끄덕였다.

어느덧 몰려들어 그런 그들의 모습을 신기한 듯 지켜보고 있는 구경꾼들마저 그들이 만들어 내는 비장함과 긴장감에 동화되어 숨소리까지 죽이며 마른침을 꿀꺽 삼키고 있었다.

하지만 그러한 관심들과는 상관없이 화의 기운도 실패로 돌아가고 말았다.

통하지 않았다.

오히려 고통이 더 심해지는지 경련만 더 커졌다.

설란이 답답한 한숨을 토했다.

"목도 화도 안 되면 이젠 방법이 없어. 지기로도 고독충은 못 죽이나 봐."

"아냐. 아직 멀었어. 이왕 시작한 거 끝까지 해 봐야지."

"어떻게 하려고?"

"아예 다 써 보려고."

"다 써 보다니?"

"이왕 여기까지 온 거 할 수 있는 건 다 해 봐야지. 그래야 체념을 하든 포기를 하든 할 거 아냐. 아예 다섯 가지 기운을 한꺼번에 다 밀어 넣어 볼 거야."

그렇게 말하고는 설란이 뭐라 대답하기도 전에 다시 손을 닭의 머리로 가져다 댔다. 그리고 목과 화의 기운으로 그랬던 것처럼 머리에서부터 발끝까지 먼지 한 톨의 틈도 없이 다섯 가지 기운을 주입했다.

하지만 여전히 변화가 없다.

'결국 이것도 안 되나?'

한데, 모두가 그렇게 '실패'를 떠올리는 그때였다.

"꾸에에에에엑!"

죽은 듯 누워서 부들부들 경련만 하던 닭이 갑자기 비명을 지르며 날아올랐다. 그러고는 객잔 창문을 넘어 맹렬하게 질주하기 시작했다.

"뭐, 뭐야?"

"쫓아! 놓치면 안 돼!"

루하가 멍해 있는 사이 설란이 먼저 닭을 쫓아 몸을 날렸다.

한 발 늦게 루하가 설란의 뒤를 따르고 그제야 구경꾼들도 부랴부랴 닭을 쫓기 시작했다.

하지만 너무 빨랐다.

일반인들이 쫓기에는 불가능한 속도여서 어느 순간 닭을 쫓는 것은 설란과 루하밖에 남지 않았다.

정말이지 정신없이 달린다.

질서도 없고 목표점도 없이 여기로 튀었다가 저기로 튀었다가, 그렇게 사방팔방으로 뛰어다닌 끝에 어느 야산으로 향했을 때였다.

"어라? 쟤 지금 털 빠지고 있는 거 아냐?"

아닌 게 아니라 꿱꿱 소리를 지르며 달려가는 닭의 털이 마치 허물이 벗어지듯 저절로 숭숭 빠져나가더니 순식간에 알몸이 되어 버리는 것이었다. 그렇게 털이 한 올도 남지 않게 되었을 무렵이었다.

"에? 멈췄어!"

미친 듯이 내달리던 닭이 돌연 멈췄다. 그러더니 마치 알을 품듯이 그 자리에 주저앉아 몸을 잔뜩 움츠린다.

부르르르르르—

부르르르 떨어 대는 것이 조금 전과는 전혀 다른 느낌의 경련이었다.

정체를 알 수 없는 묘한 긴장감이 들어찬다.

뭔가가 일어날 것만 같은.

뭔가 놀라운 일이 벌어질 것만 같은.

그 순간, 헐벗은 닭의 몸에 미세한 균열이 생기기 시작하더니 그것은 이내 기하급수적으로 늘어나 마치 거미줄처럼 촘촘하고 복잡하게 닭의 몸에 선을 그렸다.

그리고 쩍쩍 갈라져 벗겨져 내린다.

심지어 볏과 부리, 발톱까지도 떨어졌다.

벗겨져 내린 가죽은 땅에 닿기도 전에 연기처럼 사라지고, 그렇게 가죽이 벗겨진 곳에는 금세 새살이 돋아나 빈자리를 채운다.

한 번이 아니었다.

두 번, 세 번, 네 번…….

그 기괴한 광경을 지켜보던 루하의 입에서 툭 뱉어지는 한 마디.

"저거…… 지금 환골탈태하려는 모양인데?"

그도 그럴 것이, 두 번째 환골탈태 때 자신의 몸에 일어나던 변화와 지금 저 모습이 상당히 흡사했던 것이다.

루하의 말에 놀란 눈을 동그랗게 뜨는 설란이다.

그때 마지막 변화가 일었다.

가죽이 벗겨지고 돋아나기를 반복하던 끝에 그 헐벗은 몸에서 털이 나기 시작했다. 털뿐만 아니라 볏과 부리, 발톱까지 죄다 다시 나고 있었다. 한데, 원래의 색깔이 아니었다. 원래의 모양도 아니었다.

볏은 붉었고 머리는 희다. 몸통은 짙은 녹색에 날개에는 푸른빛이 돈다. 그리고 부리와 발톱, 길고 곧게 쭉 뻗은 꼬리털은 황금빛으로 빛난다.

그야말로 오색찬연.

그뿐만 아니다.

본래의 흐늘흐늘했던 볏은 마치 뿔처럼 솟아 있었고 작고 뾰족하기만 했던 부리는 어른의 엄지손가락보다 크고 굵었으며 발톱 또한 섬뜩할 정도로 날카롭게 빛나고 있었다. 거기다 한층 사나워진 눈매까지…… 이건 더 이상 닭이 아니었다. 독수리에 더 가까운 모습을 하고 있었다.

잔뜩 몸을 움츠리고 있던 닭이 마침내 기지개를 켜듯 날개를 푸득거리며 몸을 일으킨 것은 그 모든 변화가 완성된 직후였다.

푸득푸득—

몇 번의 날갯짓.

날개마저도 변한 듯 크고 긴 날갯짓의 우아함이 백조의 그것과 같았다.

푸득푸득—

다시 몇 번의 날갯짓.

그리고……

"나, 난다!"

닭이 난다.

"우와! 난다, 날아! 닭이 날아!"

그것도 휘적휘적 날갯짓을 하며 하늘 높이, 끝 간 데 없이 날아오르고 있었다. 그렇게 아득히 시야에서 멀어졌다 싶은 순간,

슈아아아아아악—

갑자기 어마어마한 속도로 떨어져 내리는가 싶더니 마치 곡예를 하듯 빙글 돌아서는 사뿐히 루하의 어깨에 내려앉는다. 그러고는 루하의 뺨에 자신의 부리를 마구 비벼 댄다.

꼬꼬, 꼬꼬, 꼬꼬—

기분 좋은 울음소리까지 내며.

그 모습은 닭도 독수리도 아닌, 마치 사랑에 빠진 한 마리 원앙처럼 보였다.

第十章

세상에서 가장 위험천만한 존재들

"발!"

"엎드려!"

"날개 펴!"

"머리 숙여!"

닭을 마치 강아지 가르치듯 하는 루하를 보며 설란이 어이없어하며 묻는다.

"걔가 개니?"

"뭐 어때? 말만 잘 듣는데. 이거 진짜 신기하다니까. 완전 영물이야, 영물."

영물인 거야 알고 있다. 이미 몇 가지 실험도 해 봤다.

닭 주제에 하늘을 나는 것은 물론이거니와 머리가 강아지와는 비교가 안 될 만큼 영리했고 한 번 들은 건 잊지도 않았다. 어쩌면 어지간한 사람보다도 더 영리할지도 모른다는 생각마저 들 정도였다.

"이런 거 팔면 비싸겠지?"

"그렇겠지. 더구나 세상에 존재하지 않는 유일무이한 닭이니까 부르는 게 값일걸? 왜? 팔게?"

"아니. 생명의 은인이랍시고 나를 이렇게 잘 따르는데 어떻게 팔아."

아닌 게 아니라 변신인지 변태인지 모를 변화가 생긴 이후로 도통 루하의 어깨에서 떨어질 생각을 하지 않았다.

"이 녀석 말고 다른 놈으로 하나 더 만들어서 팔면 되지 않을까 해서."

"또 만들 수 있을 것 같아?"

"아마도. 정확한 원리야 모르겠지만 환골탈태가 일어난 건 분명 지기 때문일 테고 같은 방법으로 다섯 가지 기운을 주입하면 또 만들어질 거 같은데? 이참에 너도 한 마리 만들어 줄까?"

순간 눈을 반짝이는 설란이다.

"정말?"

그렇잖아도 부러웠다.

꼬꼬, 꼬꼬 울음소리를 내며 루하의 옆에서 아양을 떨어 댈 때면 그렇게 귀여울 수가 없었다. 게다가 그녀에게는 아예 곁을 주지 않았다. 털이라도 쓰다듬을라치면 순식간에 사나운 맹수로 돌변해서는 꽥꽥거리며 손을 물어뜯으려 했다. 무공을 익힌 몸이 아니었다면 자칫 손가락이 잘려 나갔을지도 몰랐다.

곁을 주는 건 오직 루하뿐이다.

'칫! 나도 나름 저 살리는 데 일조한 몸인데…….'

괜히 섭섭하고 얄미웠다.

그런 한편으로 그녀도 자신에게만 충성하는 귀여운 영물 한 마리 길러 보고 싶다는 마음이 강렬해지던 차였다. 그런 차에 루하에게서 그런 질문을 받으니 대번에 귀가 솔깃해진 것이다.

"근데…… 혹시 다른 동물도 되려나? 이왕이면 토끼나 다람쥐 같은……."

"글쎄? 되지 않을까? 가만…… 다른 동물도 되면 어쩌면 사람도 가능할지도?"

"뭐?"

"그게 그렇잖아? 다른 동물한테도 되는 거면 사람한테라고 안 될 이유가 없잖아? 오호! 그렇게만 되면 이거 동생 치료가 의외로 간단할지도 모르겠는데? 환골탈태를 하면 사람의 체질도 바뀐다며? 그럼 구음연화절맥인지 뭔지 하는 것도 사라질 거 아냐?"

충분히 가능한 얘기다.

루하가 조화지기를 모두 흡수하긴 했지만 아직 그것을 어떻게 치료법에 활용할지 그 방도를 찾지 못한 상태였다. 그렇잖아도 매일 밤을 새 가며 고심하고 있던 차에 루하가 내놓은 너무도 단순한 방법에 귀가 번쩍 뜨였다.

루하의 말대로 조화지기로 사람도 환골탈태를 시킬 수가 있다면 분명 구음연화절맥도 치료할 수 있을 것이다.

'아니, 그 정도가 아냐.'

단순히 사람을 치료하는 용도에서 그치지 않는다.

만년한철보다도 더 뛰어난 무기를 무한으로 찍어내고 한낱 미물조차 다시없을 영물로 탈바꿈시킨다. 거기다 사람마저 환골탈태를 시킬 수 있다면, 그렇다면 루하가 마음만 먹으면 역사상 가장 강력한 군대, 가장 강력한 문파도 만들어 낼 수가 있다는 뜻이다.

'어쩌면 이 애…… 존재 자체로 세상에서 가장 위험천만한 인물일지도…….'

루하가 악(惡)에 물들고 마(魔)에 삼켜진다면 어쩌면 세상은 다시 없을 대환란에 빠질지도 모른다.

그걸 생각하니 가슴이 다 서늘해져 와서 새삼스러운 눈

으로 루하를 보는데, 세상에서 가장 위험천만한 존재가 될지도 모르는 장본인은 세상에서 가장 고민스러운 얼굴을 하고는 어이없게도,

"그나저나 이 녀석 이름은 뭐로 하지?"

닭 이름 정하는 것에 갑자기 몰두해 버린다.

"음…… 뭐로 하는 게 좋을까나……."

그렇게 한참을 고민하던 어느 순간, 마치 금맥이라도 발견한 듯한 표정을 하고는 무릎을 탁 쳤다.

"닭수리! 닭은 닭인데 독수리를 닮았으니까 닭수리! 그래! 그게 좋겠네!"

참으로 단순하기 그지없는 작명 실력을 뽐내며 무척이나 자랑스럽다는 듯 어깨를 우쭐하기까지 한다. 더 어이없는 것은 이제 닭수리로 명명된 닭의 반응이었다.

정말로 그 이름이 마음에 든다는 듯이 연신 꼬꼬꼬꼬 꼬꼬꼬꼬 기분 좋은 소리를 내며 부리를 부비기도 하고 날개를 펼쳐 펄럭거리기도 한다.

"좋아! 이제부터 넌 닭수리다! 자, 닭수리 발! 닭수리 엎드려! 옳지, 옳지. 잘한다, 우리 닭수리. 아하하하!"

덩달아서 신나하는 루하를 보며 설란은 고개를 잘래잘래 저었다.

세상에서 가장 위험천만한 존재라니?

'저게 어딜 봐서?'

악에 물들고 마에 삼켜진 모습이 도무지 상상이 안 된다.

'하긴, 그 전에 조화지기가 사람도 환골탈태를 시킬 수 있는지 그것도 확실치 않은데, 뭐.'

생각이 너무 앞섰고 걱정이 너무 지나쳤다.

루하가 정말로 사람을 환골탈태시킬 수 있다고 해도, 지금 그녀가 할 일은 아직 일어나지도 않은 일을 걱정하는 것이 아니라 동생을 살릴 수 있다는 그 가능성 하나에만 집중하는 거였다.

그렇게 설란과 루하, 그리고 닭수리가 의선가를 향해 달려가고 있을 무렵이었다. 그 시각 진정으로 세상에서 가장 위험천만한 존재들이 깨어나려 하고 있었다. 그 첫 시작은 팔공산이었다.

*　　*　　*

만월이 떠올랐다.

유난히 깊은 어둠 속에서 유난히 붉은 달이 하늘 가장 높은 곳에 걸렸다.

달이 가득 차고 음기가 가장 충만해진 날.

그르르르릉—

환락불 임요승이 석궤의 뚜껑을 열었다.

농도 짙은 서늘함이 확 밀려들고 그 속에서 치명적인 아름다움을 품은 강시가 나타났다.

뼈를 에는 듯한 한기.

귀기마저 느껴지는 음산함.

음기를 한껏 머금은 천음지체다.

그 음기가 얼마나 강했는지 무형에서 유형으로 바뀐 음기가 강시의 몸을 투명한 막으로 감싼다.

"흐흐흐. 드디어 때가 되었다!"

이제 이 천음지체의 음기를 완전히 흡수하기만 하면 자신은 다시 태어난다.

이제 더 이상 죽은 시체의 무덤을 파헤칠 일도 없을 것이고, 시시각각 좁혀 오는 죽음의 공포로부터도 자유로워질 것이다.

독으로 녹아내리고 있는 살가죽도 예전의 젊음을 되찾을 것이고 만독불침과 부패, 그 중간에서 드디어 완벽한 만독불침을 이루게 될 것이다.

"아니, 천음지체의 음기라면 만독불침 그 이상의 세계를 볼 수 있을 것이다."

흥분되고 들뜬다.

그리해 뻗어내는 손길이 급하다.

여성의 음기를 완전히 흡수하는 가장 확실한 방법은 간단했다.

음양합일.

그러한 방법으로 지금껏 수많은 여성의 음기를 흡수해 겨우겨우 생을 지탱해 왔다. 하지만 그것은 성욕과는 다른, 그저 생존을 위한 수단에 불과했다,

여성의 음기를 취함에 있어 지금껏 단 한 번도 음탕한 생각을 해 본 적이 없었다. 늘 차가운 이성으로 한 치의 틀림도 없이 방중술의 비법을 행했을 뿐이었다. 그런데 지금 이 순간 어이없게도 성욕이 끓어오른다.

지금의 흥분과 떨림은 단지 천음지체의 음기에 대한 욕심이 아니라 분명 여인을 향한 욕구였다.

'허허! 이 내가 계집에게 욕정을 느끼다니?'

그것도 산 자도 죽은 자도 아닌 강시에게.

하지만 처음으로 느껴 보는 그 같은 욕정이 썩 나쁘지 않다.

모름지기 번식욕이라는 것은 살아 있는 동안 그 살아 있음을 가장 강렬하게 느끼게 하는 것이 아니던가.

지금껏 죽은 것도 산 것도 아닌 것처럼 살아온 그에게 지금의 욕정은 꽤나 신선하고 즐거운 것이었다.

그렇게 흥겨운 마음으로 강시의 옷자락을 잡았다.

머릿속으로는 눈부시도록 아름다운 알몸을 기분 좋게 상상하며.

커다란 기대와 조금은 음탕한 눈빛을 하고서.

그런데 그때였다.

일어날 수 없는 일이 벌어졌다.

그가 강시의 옷을 벗기려는 순간 감겨 있던 강시의 눈이 번쩍 떠진 것이다.

"……?"

순간 착각인가 했다.

혹시 원래부터 눈이 떠져 있었던 건가 싶기도 했다.

하지만 둘 다 아니었다.

눈을 뜬 동공이 스르륵 움직이며 임요승을 본다.

아무런 감정도 없는 눈이 무저갱처럼 깊다고 느낀 그 순간,

푹!

뭔가 섬뜩한 소리가 귀를 파고들고 가슴 어림에 화끈거리는 통증이 느껴졌다.

"응?"

어리둥절하며 가슴을 내려다보는 임요승이다.

그런 그의 시야에 유리처럼 투명한 강시의 손이 자신의 가슴에서 스르르 빠져나오는 것이 보였다.

'응……?'

대체 뭐가 어떻게 된 건지 이해할 수 없는 시간이 지나고.

'아…….'

겨우 상황이 인식되려 할 때쯤,

휘청!

임요승의 무릎이 꺾였다.

시야는 어둠에 물들고 의식은 새하얀 백지로 뒤덮인다.

그리고 힘없이 무너져 내렸다.

털썩!

그걸로 끝이었다.

팔공산의 사왕이자 녹림칠패의 일인 환락불 임요승이 그렇게 죽은 것이다.

임요승을 죽인 강시가 죽은 임요승의 시체를 여전히 무감정한 눈으로 내려다보다 고개를 갸웃거린다.

'이자는……?'

누군지 모른다.

왜 죽였는지도 모른다.

마음에 이는 살심에 따라 그저 행했을 뿐.

강시가 임요승에게서 시선을 거두고 임요승의 처소 안을 둘러본다.

'여긴 어디지?'

낯설기만 한 공간이다.

모르겠는 것은 그것뿐만이 아니다.

'내가 왜 여기에……? 나는…… 누구지?'

거기까지 생각이 이르자 그제야 처음으로 감정이란 것을 드러내며 눈살을 찌푸렸다.

아무것도 기억나지 않는다.

아니, 칠흑 같은 어둠 속에서 막연하면서도 흐릿한 두 가지가 있었다.

하나는 연화라는 이름이었다.

아마도 자신의 이름이었던 것 같다.

그리고 다른 하나는 어떤 사내였다.

얼굴은 기억나지 않는다.

당연히 자신과 무슨 관계였는지도 모른다.

떠오르는 것은 그저 흐릿한 형체와 사내의 주위로 뿌옇게 빛나던 백, 적, 황, 청, 록의 신비로운 빛깔뿐.

'누굴까?'

누구길래 그 사내를 떠올리는 것만으로도 이토록 아프도록 진한 그리움이 밀려드는 것일까?

하지만 아무리 떠올려 보려고 해도 그게 누구였는지는 전혀 생각나지 않는다.

몸을 일으켰다.

침상에서 내려와 걸음을 내디뎠다.

임요승의 시체를 지나 처소의 문을 열었다.

가장 먼저 시야에 들어온 것은 어둠이었고 이어진 것은 산채의 곳곳, 삼삼오오 무질서하게 자리를 잡고 있는 광명채의 도적들이다.

강시의 존재를 아는 것은 임요승뿐이었다.

만월이 뜨는 날이면 해시부터 인시까지(저녁 아홉 시부터 새벽 다섯 시까지)는 임요승의 처소에는 얼씬도 거리지 않는 것이 광명채의 불문율과도 같은 것이었고, 그래서 오늘도 그렇게 멀찍이 떨어져 더러는 술에 취해 있었고 더러는 잠에 빠져 있었다.

그러니 임요승의 처소에서 술이 번쩍 깰 정도로 아름다운 미녀가 나오자 삽시간에 소란이 이는 거야 당연했다.

"어? 저거 뭐지? 채주님 방에서 웬 여인이……?"

"그보다…… 무슨 계집이 저렇게도 예뻐?"

"저런 계집 한 번 품어 봤으면 원이 없겠군. 흐흐흐."

"아서라. 채주님의 여인인 것 같은데 그러다 명년 오늘이 네놈 제삿날이 될 거다."

그러한 소란 속에서 연화의 서늘한 눈길이 광명채 도적들을 훑었다.

저들이 누군지는 모른다.

자신과 무슨 관계인지도 모른다.

그런데 왜일까?

그들의 존재를 확인함과 동시에 가슴속에서 일어나는 이 거부할 수 없는 살심은 대체 무슨 이유일까?

깊이 생각하지 않았다.

이 순간, 그저 죽이고 싶을 뿐이다.

비릿한 혈향이 맡고 싶을 뿐이다.

그것은 지금 그녀에게 있어 그 무엇보다도 강렬한 유혹이었으며 충동이었고 욕구였다.

그리해 임요승에게 그랬던 것처럼 그저 본능에 따라 얼음보다 차갑고 유리보다도 투명한 손을 들어 올렸다.

그리고 이어진 것은 무차별적인 살육이었다.

*　　*　　*

"안 죽었겠지? 젠장! 그놈의 닭만 아니었어도!"

말에 올라 쫓기듯 질주하고 있던 위서진이 이를 바드득 갈았다.

루하의 짐작대로 음식에 고독충을 넣으라고 사주한 것은 그였다.

그들이 제갈세가를 나설 때부터 뒤를 쫓았고 그렇게 기

회를 엿보다 독수를 쓴 것이었다. 하지만 난데없이 닭이 뛰어들어 음식을 주워 먹는 순간 모든 계획이 물거품이 되고 말았다.

그 순간, 뒤도 돌아보지 않고 도망쳤다.

그래서 루하가 죽었는지 어쨌는지, 그 뒤의 상황은 정확히 모른다.

하지만 상식적으로 닭이 그렇게 헤집어 놓은 음식에 누가 손을 대겠는가?

죽지 않았을 것이다.

조심을 한다고 했지만 어쩌면 지금쯤 자신도 모르게 남겨 놓은 흔적을 따라 뒤를 쫓아오고 있을지도 모른다.

그래서 지금 이렇게 가혹하게 채찍질을 해 대고 있는 것이다.

"젠장! 젠장! 젠장!"

생각하자니 분통이 터진다.

"내가 어떻게 구한 고독인데……."

그는 화산파 속가제자 시절부터 늘 자신을 못 마땅히 여기며 경멸과 조롱, 굴욕을 안겨 주었던 직계 제자 하나에게 깊은 원한을 품고 있었다. 그리해 언제고 기회만 생기면 반드시 그를 죽이겠다 맹세하며 삼 년 전 무려 은자 이천 냥을 주고 구한 물건이었다.

지난 삼 년간 그 화산파 직계 제자를 만나지 못해 원한을 풀 기회가 없기도 했지만, 그저 품에 지니고 있는 것만으로도 든든해서 그에겐 정말이지 보물이나 다름없는 물건이었다.

"그 귀한 것을 고작 닭한테나 처먹이게 되다니……."

무슨 이런 황당하고 어이없는 일이 다 있단 말인가?

하지만 포기하지 않는다.

"이번엔 운이 좋았다지만 다음에는 그렇지 않을 것이다!"

명색이 하남 제일 표국의 차기 주인인 그였다. 고독이 비싸다고 해도 또 사는 게 아예 불가능한 금액은 아니었다.

물론 다음을 기약하려면 일단은 살아남는 게 우선이다.

"어디로 가지?"

급하게 도망쳐 오느라 딱히 갈 곳을 정해 놓지 못했다.

어디로 가야 안전할까?

흔적은 남겼을지 몰라도 증거는 남겨 두지 않았다.

만일을 대비해서 죽립으로 얼굴을 가렸고 음성도 변조했다. 어디에도 범인이 자신이라는 명확한 증거는 찾을 수 없을 것이다.

그러나 그것만으로는 안심할 수 없다.

무림은 관아가 아니니까.

명확한 증거 없이 심증 하나만으로도 얼마든지 복수가 이루어지는 곳이 무림이니까.

무림 안에서의 복수에 필요한 것은 그저 상대보다 강한 힘, 그 하나면 충분했다.

그런 면에서 루하는 강했고 자신은 약했다.

그가 살 길은 루하보다 강한 울타리를 찾는 길뿐이다.

위진표국 정도로는 어림도 없다.

잔혹도마를 죽인 자였다.

처음에는 그저 소문이 과장된 것이겠거니 했지만 남궁무영이 어이없을 정도로 간단히 밀쳐지는 것을 본 순간 소문이 결코 과장이 아님을 알았다.

어쩌면 정말로 온전히 실력으로 잔혹도마를 죽였을지도 모른다.

위진표국 정도로는 그를 보호해 주지 못한다.

더 든든하고 더 확고한 울타리가 필요했다. 그리해 떠올린 곳은 설란이 짐작했던 대로 남궁세가였다.

'남궁세가밖에 없다!'

남궁무영의 눈 밖에 나긴 했지만 루하로부터 그를 지켜줄 있는 곳은 그곳뿐이다. 남궁무영의 눈 밖에 난 것은 루하 또한 마찬가지니까. 게다가 정확한 사정은 모르지만 남궁무영과 설란 사이에 오가던 대화나 그때의 분위기를 생각해 보면 그들에겐 남궁세가로 오면 안 되는 어떤 말 못할 이유도 있는 것 같았다.

"그래! 남궁세가라면 당장은 안전할 수 있을 것이다!"

그리해 남궁세가로 말을 몰았다.

위서진이 남궁세가에 도착한 것은 밤이 아주 깊어서였다.

머리 위로 떠오른 만월이 붉디붉은 밤, 정신없이 말을 달려 도착한 남궁세가는 깊고 깊은 정적에 잠겨 있었다.

'왜 아무도 없지?'

이상했다.

어쩐 일인지 굳게 닫혀 있어야 할 정문이 활짝 열려 있고 그 앞을 지키고 있어야 할 경비 무사도 보이지 않았다.

의아해하며 남궁세가 안으로 들어갔다.

온통 어둠뿐이다.

사람의 인기척도 들리지 않는다.

마치 살아 있는 모든 것이 잠이 들어 버리기라도 한 듯, 발치에 닿는 것은 무거운 고요뿐이다. 그렇게 의아히 걷기를 얼마 후, 두 개의 월동문을 지나 전각 두 채를 막 통과했을 무렵이었다.

툭.

발치에 무거운 고요가 아닌, 뭔가 다른 것이 걸렸다.

"……?"

뭔가 싶어 아래를 내려다보았다.

그러다 '헉!' 헛바람을 삼키며 급히 뒤로 물러섰다.

시야에 들어온 시커먼 덩어리……. 그건 시체였다.

그 시체는 남궁세가의 복장을 하고 있었다.

'남궁세가의 무사가 왜……?'

하지만 그게 전부가 아니었다.

놀란 마음을 진정시키기도 전, 가득한 의문으로 고개를 드는 그의 시야에 수를 헤아릴 수도 없을 정도로 많은 시커먼 덩어리들이 들어왔다.

"이, 이, 이, 이게 무슨……!"

너무 놀라서 엉덩방아마저 찧고 말았다.

전부 다 시체였다.

믿을 수 없게도 그 모두가 남궁세가의 무사들이었다. 천하를 호령하던 남궁세가의 무사들이 지금 이 순간 떼송장이 되어 그의 앞에 널브러져 있는 것이다.

그야말로 기겁할 지경이다.

"으으으으……."

일어설 생각도 못 한 채 거의 기다시피하며 뒷걸음질 쳤다.

뭐가 어떻게 된 상황인지는 모르지만 일단 이 지옥 같은 곳을 벗어나야 한다는 일념뿐이었다. 아니, 그건 본능이었다.

이 순간 이미 이성은 한 톨도 남아 있지 않았다. 그저 본

능이 시키는 대로 손과 발을 마구 움직여 댈 뿐이었다. 그런데,

턱!

그런 위서진의 등에 뭔가가 닿았다.

왠지 모를 음산한 귀기에 숨이 막히고 모골이 송연해 온다.

돌아보고 싶지 않았다. 하지만 의지와는 상관없이 그의 고개는 기계적으로 돌려지고 있었다.

그리고 보았다.

자신을 내려다보는 얼음처럼 차갑고 무감정한 눈을.

하나가 아니었다.

얼음처럼 차갑고 무감정한 눈 뒤로 역시 얼음처럼 차갑고 무감정한 수십 개의 눈들이 그를 보고 있었다.

둘, 셋, 넷, 다섯…….

하지만 그는 숫자를 다 세지 못했다.

채 다섯을 세기도 전,

우드드득—

뭔가가 부러지는 듯한 소름 끼치도록 섬뜩한 소리가 마치 천둥처럼 귓가에 울리고 모든 것이 시야에서 사라졌기 때문이다.

아무것도 볼 수 없었고 어떤 소리도 들리지 않았다.

그가 마지막으로 볼 수 있었던 것은 그저 무저갱보다 깊은 어둠뿐이었다.

* * *

강호에 도무지 믿기지 않는 소문이 퍼져 나갔다.

남궁세가의 멸문.

하룻밤 사이 남궁세가의 본가가 개미 한 마리 남김없이 몰살을 당했다는 것이었다.

더욱 사람들을 불신케 한 것은 그렇게 몰살을 당한 자들 중에는 정도십이천의 일인이자 남궁세가의 가주 천무검성 남궁수까지 포함되어 있다는 것이었다.

천무검성 남궁수가 버젓이 남궁세가를 지키고 있는데 단 하룻밤 사이에 남궁세가가 몰살을 당했다니? 어느 누가 이 황당무계한 소문을 믿겠는가 말이다.

하지만 그러한 불신은 속속 들려오는 목격담과 관련 소식들에 점점 사실이 되어 갔고, 급기야 소림에서 진상조사를 위해 사대금강을 파견한 것이 알려지면서 사람들은 그 믿을 수 없는 소문을 더는 부정할 수 없는 현실로 받아들여야했다.

불신에 이어진 것은 의문이었다.

대체 흉수는 누구란 말인가?

과연 당금 무림에서 남궁세가를 하룻밤 사이에 몰살시킬 수 있는 세력이 존재하긴 한단 말인가?

'흉수는 저기 신강의 새외무림이라던데? 중원 무림 정복을 위해 벌인 짓이라는 소문이 있어.'

'중원 무림 정복은 무슨…… 북해빙궁이야, 북해빙궁. 왜 칠십 년 전인가, 북해빙궁의 고수와 남궁세가의 장로가 한 판 붙은 적이 있잖은가? 그때 북해빙궁의 고수가 팔 하나를 잃었고, 그 복수를 한 거지. 원래 북해빙궁이란 데가 은혜는 두 배로 갚고 빚은 열 배로 갚는 곳이라 하지 않던가?'

'그렇게 따지면 오히려 빚이야 남궁세가가 더 크지. 북해빙궁의 고수는 고작 팔 하나였지만 남궁세가의 장로는 목숨을 잃었으니. 그게 아니라 내가 듣기로는 천외천이라 하던데? 그 왜 있잖은가. 존재하지만 또한 존재하지 않는. 능히 천하제일이라 이름 붙일 수 있는 유일무이 최강의 무벌이면서도 정작 무림에는 단 한 번도 제대로 모습을 보인 적이 없는 신기루 같은 문파.'

온갖 억측들이 난무했다.

그중에서 사람들의 입에 가장 많이 이름이 오르내리는 곳은 다름 아닌 제갈세가였다.

'원래 남궁세가와 제갈세가가 사이가 안 좋지 않았나.

더구나 이번에 제갈세가에서 그토록 공을 들여 운송하던 혈교의 보물까지 홀라당 남궁세가에 뺏겼고. 그 바람에 제갈세가에서 제대로 빡친 거지. 실제로 남궁세가로 옮겨진 표물이 그 사건 이후 죄다 사라졌다고 하는 것을 보면 분명 제갈세가에서 일을 벌이고 표물을 가져간 게 틀림없어.'

하지만 그것도 모순은 많았다.

일단 남궁세가에서 죽은 자들 중에는 당시 남궁세가에 머물러 있던 제갈세가의 소가주 제갈휘와 총관 을지담도 포함되어 있었던 데다, 무엇보다 남궁세가를 하룻밤 만에 몰살시키는 것이 과연 제갈세가의 힘으로 가능하냐는 것이었다.

하룻밤은커녕 시간의 제한을 두지 않고 붙어도 절대적으로 힘이 기우는 쪽은 제갈세가였다. 그건 세 살 먹은 어린아이도 다 아는 사실이었다.

그럼에도 사람들은 용의선상 가장 윗자리에 제갈세가를 놓는 것을 주저하지 않았다. 어쨌든 간에 남궁세가의 참변에 가장 큰 동기를 가지고 있는 곳이 제갈세가인 것만은 부정할 수 없는 사실이기 때문이었다.

하지만 틀렸다.

지금 이 순간 흉수에 대해 그 누구보다 궁금해하고 있는 것은 오히려 세인들로부터 가장 강력한 용의자로 의심받고 있는 제갈세가였다.

제갈문이 무겁게 입을 열었다.

"휘는?"

이도명이 대답했다.

"사당에 모셨습니다."

"사인은 살폈느냐?"

"열양의 지법에 심장이 관통당해 즉사했습니다. 저항한 흔적조차 없는 것을 보아 상대는 지법이 노화순청의 경지에 이른 화경의 고수가 틀림없습니다."

제갈문이 이를 악물었다.

자식이 죽었다.

멋모르는 사람들은 제갈세가가 자신들의 용의를 벗기 위해 고육책으로써 제갈휘와 을지담을 희생시켰을 거라며 가볍게들 입을 놀리지만 그건 말도 안 되는 소리였다.

여섯 명의 자식들 중 가장 아끼던 아들이었다.

제갈휘라면 능히 자신의 다음 대를 맡길 수 있을 거라 그렇게도 든든히 여겼던 자랑스러운 후계자였다.

그런 귀한 자식을 잃었다. 가슴이 갈기갈기 찢기는 비통함을 어찌 다 말로 표현할 수 있겠는가.

잠시 피가 거꾸로 솟는 듯한 비통함을 억지로 씹어 삼키며 제갈문이 다시 물었다.

"을 총관의 사인은?"

"도법에 당했습니다. 상흔을 살펴본 결과 강기에 내장을 상한 것이 도강지기에 당한 것일지도 모른다 하였습니다."

"도강지기라고?"

도로써 그 같은 경지에 오른 자가 대체 누가 있단 말인가?

"더 놀라운 것은 신검대와 천무대 형제들의 몸에 난 상흔도 종류만 다를 뿐, 수준이 그와 대동소이하다는 것입니다."

"하면 남궁세가를 공격한 놈들이 하나같이 강기상인이 가능한 고수라는 말이더냐? 그게 말이 되느냐? 한 문파에 하나가 나기도 어려운 고수가 어찌 그렇게 한꺼번에……."

"하지만 사실입니다. 그런 자들이 흉수였기에 천무검성 남궁수도 당해 내지 못한 것이 아니겠습니까?"

이도명의 말대로였다.

그 정도로 강한 자들이 아니었다면 남궁세가가 하룻밤 사이에 몰살당하는 일도 없었을 것이다.

"그래서…… 놈들의 목적이 무엇인지 알아낸 것이 있느냐? 역시 표물이었더냐?"

"예. 사건이 있던 날 석관만 남은 채 그 안의 물건은 모조리 다 사라졌습니다. 그것으로 보아 분명 놈들의 목적은 표물이었습니다."

"대체 누가? 무슨 목적으로? 아니, 그전에 표물이 무엇이었는지 놈들이 어찌 알았단 말이냐?"

물어본들 답을 아는 사람은 없다.

이도명이 대답 대신 물었다.

"어찌하시겠습니까? 사흘 후면 소림의 사대금강이 본가에 도착할 것입니다. 지금쯤이면 그들도 빈 석관을 확인했을 것이고, 이번 사건의 원인이 본 가의 표물 때문임을 이미 파악했을 것입니다. 분명 표물에 대해 추궁을 해 올 것인데……."

사실 제갈문이 지금 자식의 죽음조차 제대로 살피지 못하고 있는 이유가 거기에 있었다.

가뜩이나 무림의 금기를 깬 물건이었다.

그것만으로도 죄가 무거운데 그로 인해 남궁세가가 그런 참변까지 당했으니 그 죄가 더할 수 없이 무거워져 버렸다.

자칫하면 세상의 사나운 비난 속에서 최악의 경우 자신의 손으로 가문의 현판을 꺾어야 할지도 모른다.

그런 상황이었다.

가문의 명운이 달린 이 난제를 해결하지 않고서는 자식의 장례조차 돌볼 수가 없었다.

"그나마 다행인 것은…… 남궁세가의 참변과 함께 비밀을 아는 자도 모두 죽었다는 것이지."

혈교의 보물이 무엇이었는지 흉수들 외에는 아무도 모른다. 흉수들이 스스로 비밀을 폭로할 리는 없으니 자신들만 입을 다물면 비밀은 영원히 묻힌다.

"아니군. 두 개의 입이 남았어."

하나는 표물 하나를 손에 쥐고도 아직 아무런 반응을 보이지 않고 있는 사왕 중 누군가이고, 다른 하나는 남궁세가 본가의 인물들 중 사건 당시 유일하게 그 자리에 있지 않았던 한 사람이다.

그때 밖에서 급한 보고가 들려왔다.

"가주님. 남궁세가의 소가주께서 찾아오셨습니다. 가주님을 뵙고자 하십니다."

순간 제갈문과 이도명의 눈이 마주쳤다.

사건 당시 남궁세가에 있지 않았던 유일한 한 사람.

비밀을 알고 있는 두 개의 입 중 하나가 제 발로 여길 찾아온 것이다.

"안으로 모시거라."

곧이어 남궁무영이 문을 열고 들어왔다.

행색이 말이 아니었다. 딱 보기에도 여기까지 얼마나 급하게 달려왔는지 짐작할 수 있었다.

"경황이 없을 텐데 여긴 어인 일로 왔느냐?"

정말로 경황이 없었다.

루하가 가져온 두 구의 시체를 남궁세가로 가져간 그는 그 길로 곧장 의선가로 향했다. 그날 당한 치욕을 가슴에 담아 두기에는 그 분노가 너무 커서 아예 의선가의 가주와 담판을 지어 버릴 작정이었다. 그렇게라도 남궁세가의 힘을 과시해서 조금이나마 무너진 자존심을 회복하고 싶었던 것인데, 가는 도중에 남궁세가의 비보를 듣게 된 것이었다.

한달음에 달려갔다.

그리고 보았다.

세상에서 가장 강해 보였던 그의 아비의 처참한 주검과 형제들의 시체, 사형제들과 가솔들의 참혹한 모습까지.

걷잡을 수 없는 충격과 미칠 듯한 분노가 교차하는 와중에 그가 떠올린 것은 제갈세가였다.

'제갈세가라면 분명 흉수에 대해 알고 있을 것이다!'

그리해 여기까지 달려온 것이다.

"흉수가 누굽니까? 분명 비밀을 아는 자의 소행일 터, 그 비밀의 시작점인 제갈세가라면 분명 알고 있을 것이 아닙니까? 남궁세가 외에 또 누구와 비밀을 공유하신 것입니까?"

남궁무영의 입장에서는 충분히 해 볼 법한 의심이었다.

하지만,

"모른다. 가문의 존망이 걸린 일에 어찌 함부로 비밀을 흘리겠느냐? 맹세컨대 제갈가에서 나간 것이 아니다. 그러는 너는 어떠냐? 남궁세가에서 새어 나가지 않았다 장담할 수 있느냐?"

"물론입니다! 본 가에서도 비밀을 아는 자는 아버님과 저, 그리고 두 분의 장로님뿐이었습니다!"

오히려 남궁세가에 덤터기를 씌우려는 건가 싶어 남궁무영이 격앙된 목소리로 단호하게 부정했다.

그런 남궁무영과는 반대로 제갈문의 목소리는 나직하게 깔렸다.

"그렇군. 하면 이제 남궁세가에서 비밀을 아는 자는 너뿐이로구나."

나직하고 차분하게 깔리는 말이었지만 남궁무영은 그 속에서 어떤 음산한 기운을 느꼈다.

"무슨……?"

"암영(暗影)."

제갈문의 짤막한 부름에 순간 일곱 개의 그림자가 스르르 나타나 남궁무영을 에워쌌다.

일곱 개의 그림자에게서 진득한 살기를 느낀 남궁무영이 제갈문을 노려보며 물었다.

"이게…… 무슨 짓입니까?"

"일전에 네가 그랬지 않느냐? 깔끔하게 무마될 수 없는 상황이 벌어진다면 철저하게 입막음을 해야 한다고. 위험 요소는 철저하게 제거해야 한다고 말이다. 지금 네가, 네 존재가 우리 제갈세가에 그러한 존재인 것을 어찌하겠느냐."

"그래서 지금 날 죽여 내 입을 봉하겠다는 것입니까?"

제갈문은 대답하지 않았다.

대신 그의 그림자들인 암영에게 명했다.

"여기 조카님의 말이 단 한 마디도 이 방을 나가게 해선 아니 될 것이다."

"존명!"

〈다음 권에 계속〉

DREAMBOOKS

DREAMBOOKS

DREAMBOOKS